Das Buch

Diese repräsentative Auswahl umfaßt das gesamte lyrische Schaffen der Dichterin Else Lasker-Schüler, die in jeder Beziehung, im Leben wie in ihrem Werk, etwas Ungewöhnliches darstellt. Sie gehört mit Trakl und Benn zu jenem Dreigestirn deutscher Lyrik, dessen Einfluß auf unsere Literatur immer noch anhält. Gottfried Benn hat sie »die größte Lyrikerin, die Deutschland je hatte« genannt. In den vorliegenden Querschnitt durch das lyrische Werk der Dichterin wurden die Gedichtbücher ›Hebräische Balladen‹, ›Meine Wunder‹ und ›Mein blaues Klavier‹ fast vollständig aufgenommen.

Die Autorin

Else Lasker-Schüler wurde am 11. Februar 1869 als Enkelin des Oberrabbiners von Nordrhein-Westfalen und Tochter eines Bankiers in Elberfeld geboren. Ihre ersten Gedichte erschienen 1899. 1932 wurde sie mit dem Kleist-Preis ausgezeichnet. Sie lebte unstet, zutiefst ruhe- und heimatlos in Berlin. 1933 mußte sie emigrieren; sie starb am 22. Januar 1945 in der Verlassenheit ihres Jerusalemer Exils und liegt am Ölberg begraben. Wichtige Werke: ›Styx‹, ›Meine Wunder‹, ›Hebräische Balladen‹, ›Mein blaues Klavier‹, Gedichtbücher; ›Die Wupper‹, ›Arthur Aronymus und seine Väter‹, Schauspiele; ›Das Peter Hille-Buch‹, ›Die Nächte der Tino von Bagdad‹, ›Der Prinz von Theben‹, ›Der Malik‹, ›Konzert‹, ›Das Hebräerland‹, Prosa.

Else Lasker-Schüler:
Helles Schlafen – dunkles Wachen
Gedichte

Ausgewählt
von Friedhelm Kemp

Deutscher
Taschenbuch
Verlag

dtv

1. Auflage April 1962
6. Auflage Januar 1981: 66. bis 80. Tausend
Deutscher Taschenbuch Verlag GmbH & Co. KG,
München

Umschlaggestaltung: Celestino Piatti
Gesamtherstellung: C. H. Beck'sche Buchdruckerei,
Nördlingen
Printed in Germany · ISBN 3-423-01616-7

HEBRÄISCHE BALLADEN

Karl Kraus zum Geschenk

Versöhnung

Meiner Mutter

Es wird ein großer Stern in meinen Schoß fallen . . .
Wir wollen wachen die Nacht,

In den Sprachen beten,
Die wie Harfen eingeschnitten sind.

Wir wollen uns versöhnen die Nacht –
So viel Gott strömt über.

Kinder sind unsere Herzen,
Die möchten ruhen müdesüß.

Und unsere Lippen wollen sich küssen,
Was zagst du?

Grenzt nicht mein Herz an deins –
Immer färbt dein Blut meine Wangen rot.

Wir wollen uns versöhnen die Nacht,
Wenn wir uns herzen, sterben wir nicht.

Es wird ein großer Stern in meinen Schoß fallen.

Mein Volk

Meinem geliebten Sohn Paul

Der Fels wird morsch,
Dem ich entspringe
Und meine Gotteslieder singe . . .
Jäh stürz ich vom Weg
Und riesele ganz in mir
Fernab, allein über Klagegestein
Dem Meer zu.

Hab mich so abgeströmt
Von meines Blutes
Mostvergorenheit.
Und immer, immer noch der Widerhall
In mir,
Wenn schauerlich gen Ost
Das morsche Felsgebein,
Mein Volk,
Zu Gott schreit.

Abel

Kains Augen sind nicht gottwohlgefällig,
Abels Angesicht ist ein goldener Garten,
Abels Augen sind Nachtigallen.

Immer singt Abel so hell
Zu den Saiten seiner Seele,
Aber durch Kains Leib führen die Gräben der Stadt.

Und er wird seinen Bruder erschlagen –
Abel, Abel, dein Blut färbt den Himmel tief.

Wo ist Kain, da ich ihn stürmen will:
Hast du die Süßvögel erschlagen
In deines Bruders Angesicht?!!

Abraham und Isaak

Dem großen Propheten St. Peter Hille in Ehrfurcht

Abraham baute in der Landschaft Eden
Sich eine Stadt aus Erde und aus Blatt
Und übte sich mit Gott zu reden.

Die Engel ruhten gern vor seiner frommen Hütte
Und Abraham erkannte jeden;
Himmlische Zeichen ließen ihre Flügelschritte.

Bis sie dann einmal bang in ihren Träumen
Meckern hörten die gequälten Böcke,
Mit denen Isaak Opfern spielte hinter Süßholzbäumen.

Und Gott ermahnte: Abraham!!
Er brach vom Kamm des Meeres Muscheln ab und Schwamm
Hoch auf den Blöcken den Altar zu schmücken.

Und trug den einzigen Sohn gebunden auf den Rücken
Zu werden seinem großen Herrn gerecht –
Der aber liebte seinen Knecht.

Hagar und Ismael

Mit Muscheln spielten Abrahams kleine Söhne
Und ließen schwimmen die Perlmutterkähne;
Dann lehnte Isaak bang sich an den Ismael

Und traurig sangen die zwei schwarzen Schwäne
Um ihre bunte Welt ganz dunkle Töne,
Und die verstoßne Hagar raubte ihren Sohn sich schnell.

Vergoß in seine kleine ihre große Träne,
Und ihre Herzen rauschten wie der heilige Quell,
Und übereilten noch die Straußenhähne.

Die Sonne aber brannte auf die Wüste grell
Und Hagar und ihr Knäblein sanken in das gelbe Fell
Und bissen in den heißen Sand die weißen Negerzähne.

Jakob und Esau

Rebekkas Magd ist eine himmlische Fremde,
Aus Rosenblättern trägt die Engelin ein Hemde
Und einen Stern im Angesicht.

Und immer blickt sie auf zum Licht,
Und ihre sanften Hände lesen
Aus goldenen Linsen ein Gericht.

Jakob und Esau blühn an ihrem Wesen
Und streiten um die Süßigkeiten nicht,
Die sie in ihrem Schoß zum Mahle bricht.

Der Bruder läßt dem jüngeren die Jagd
Und all sein Erbe für den Dienst der Magd;
Um seine Schultern schlägt er wild das Dickicht.

Jakob

Jakob war der Büffel seiner Herde.
Wenn er stampfte mit den Hufen,
Sprühte unter ihm die Erde.

Brüllend ließ er die gescheckten Brüder.
Rannte in den Urwald an die Flüsse,
Stillte dort das Blut der Affenbisse.

Durch die müden Schmerzen in den Knöcheln
Sank er vor dem Himmel fiebernd nieder,
Und sein Ochsgesicht erschuf das Lächeln.

Joseph wird verkauft

Die Winde spielten müde mit den Palmen noch,
So dunkel war es schon um Mittag in der Wüste,
Und Joseph sah den Engel nicht, der ihn vom Himmel
grüßte,
Und weinte, da er für des Vaters Liebe büßte,
Und suchte nach dem Cocos seines schattigen Herzens doch.

Der bunte Brüderschwarm zog wieder nach Gottosten,
Und er bereute seine schwere Untat schon,
Und auf den Sandweg fiel der schnöde Silberlohn.
Die fremden Männer aber ketteten des Jakobs Sohn,
Bis ihm die Häute drohten mit dem Eisen zu verrosten.

So oft sprach Jakob inbrünstig zu seinem Herrn,
Sie trugen gleiche Bärte, Schaum, von einer Eselin gemolken.
Und Joseph glaubte jedesmal, – sein – Vater blicke aus den
Wolken . . .
Und eilte über heilige Bergeshöhen, ihm nachzufolgen,
Bis er dann ratlos einschlief unter einem Stern.

Die Käufer lauschten dem entrückten Knaben,
Des Vaters Andacht atmete aus seinem Haare;
Und sie entfesselten die edelblütige Ware.
Und drängten sich, zu tragen Kanaans Prophet in einer
Bahre,
Wie die bebürdeten Kamele durch den Sand zu traben.

Ägypten glänzte feierlich in goldenen Mantelfarben,
Da dieses Jahr die Ernte auf den Salbtag fiel.
Die kleine Karawane – endlich – nahte sie dem Ziel.
Sie trugen Joseph in das Haus des Potiphars am Nil.
An seinem Traume hingen aller Deutung Garben.

Pharao und Joseph

Dem Doktor Benn

Pharao verstößt seine blühenden Weiber,
Sie duften nach den Gärten Amons.

Sein Königskopf ruht auf meiner Schulter,
Die strömt Korngeruch aus.

Pharao ist von Gold.
Seine Augen gehen und kommen
Wie schillernde Nilwellen.

Sein Herz aber liegt in meinem Blut;
Zehn Wölfe gingen an meine Tränke.

Immer denkt Pharao
An meine Brüder,
Die mich in die Grube warfen.

Säulen werden im Schlaf seine Arme
Und drohen!

Aber sein träumerisch Herz
Rauscht auf meinem Grund.

Darum dichten meine Lippen
Große Süßigkeiten,
Im Weizen unseres Morgens.

Moses und Josua

Als Moses im Alter Gottes war,
Nahm er den wilden Juden Josua
Und salbte ihn zum König seiner Schar.

Da ging ein Sehnen weich durch Israel –
Denn Josuas Herz erquickte wie ein Quell.
Des Bibelvolkes Judenleib war sein Altar.

Die Mägde mochten den gekrönten Bruder gern –
Wie heiliger Dornstrauch brannte süß sein Haar;
Sein Lächeln grüßte den ersehnten Heimatstern,

Den Mosis altes Sterbeauge aufgehn sah,
Als seine müde Löwenseele schrie zum Herrn.

Saul

Meinem blauen, blauen Reiter Franz Marc

Über Juda liegt der große Melech wach.
Ein steinernes Kameltier trägt sein Dach.
Die Katzen schleichen scheu um rissige Säulen.

Und ohne Leuchte sinkt die Nacht ins Grab,
Sauls volles Auge nahm zur Scheibe ab.
Die Klageweiber treiben hoch und heulen.

Vor seinen Toren aber stehen die Cananiter.
– Er zwingt den Tod, den ersten Eindring, nieder –
Und schwingt mit fünfmalhunderttausend Mann die Keulen.

David und Jonathan

Dem Senna Hoy

In der Bibel stehn wir geschrieben
Buntumschlungen.

Aber unsere Knabenspiele
Leben weiter im Stern.

Ich bin David,
Du mein Spielgefährte.

O, wir färbten
Unsere weißen Widderherzen rot!

Wie die Knospen an den Liebespsalmen
Unter Feiertagshimmel.

Deine Abschiedsaugen aber –
Immer nimmst du still im Kusse Abschied.

Und was soll dein Herz
Noch ohne meines –

Deine Süßnacht
Ohne meine Lieder.

David und Jonathan

O Jonathan, ich blasse hin in deinem Schoß,
Mein Herz fällt feierlich in dunklen Falten;
In meiner Schläfe pflege du den Mond,
Des Sternes Gold sollst du erhalten.
Du bist mein Himmel mein, du Liebgenoß.

Ich hab so säumerisch die kühle Welt
Fern immer nur im Bach geschaut . . .
Doch nun, da sie aus meinem Auge fällt,
Von deiner Liebe aufgetaut . . .
O Jonathan, nimm du die königliche Träne,
Sie schimmert weich und reich wie eine Braut.

O Jonathan, du Blut der süßen Feige,
Duftendes Gehang an meinem Zweige,
Du Ring in meiner Lippe Haut.

Abigail

Im Kleid der Hirtin schritt sie aus des Melechs Haus
Zu ihren jungen Dromedarenherden.
Im edlen Wettlauf mit den wilden Pferden
Trieb sie die Silberziegen vor die Stadt hinaus,
Bis sich die Abendamethysten reihten um die Erden,
Sich nach der Tochter bangte König Saul.

Sie setzte das verirrte Tier nicht aus
Der Wüste hungernder Schakale,
Und trug am Arme blutiger Bisse Male;
Entriß das Böcklein noch der Löwin Maul.
– Der blinde Seher sah es jedesmal voraus . . .
Die Gräser zitterten im Judatale.

Im Schoß des Vaters schlief die kleine Abigail,
Wenn über Juda lauschte Israels Gebieter,
Hinüber zu dem feindlichen Hethiter.
– Der Skarabäus seiner Krone wurde faul. –
Treu aber hütete der Mond des Melechs Güter,
Und seine Krieger übten sich im Pfeil.

Bis der Allmächtige blies den goldenen Hirten aus.
»Den Vater Abraham« . . . erklärte ernst der Melech seinem
Kinde:
»Der blieb in seinem ewigen Scheine ohne Sünde.«
Und auch sein spätes Sternlein glitzerte ganz hell und weiß;
Man konnte es noch funkeln sehen im Winde:
»Einst trug sein Vater es, ein Osterlämmlein, hin auf seines
Herrn Geheiß.«

Als auf den Feldern blühte jung der Reis,
Schloß Saul die mächtigen Judenaugen beide,
Und seiner Abigail begegnete ein Engel auf der Weide,
Der kündete: »Jehovah blies die Seele deines Vaters aus«...

Esther

Esther ist schlank wie die Feldpalme,
Nach ihren Lippen duften die Weizenhalme
Und die Feiertage, die in Juda fallen.

Nachts ruht ihr Herz auf einem Psalme,
Die Götzen lauschen in den Hallen.

Der König lächelt ihrem Nahen entgegen –
Denn überall blickt Gott auf Esther.

Die jungen Juden dichten Lieder an die Schwester,
Die sie in Säulen ihres Vorraums prägen.

Boas

Ruth sucht überall
Nach goldenen Kornblumen
An den Hütten der Brothüter vorbei –

Bringt süßen Sturm
Und glitzernde Spielerei
Über Boas Herz;

Das wogt ganz hoch
In seinen Korngärten
Der fremden Schnitterin zu.

Ruth

Und du suchst mich vor den Hecken.
Ich höre deine Schritte seufzen
Und meine Augen sind schwere dunkle Tropfen.

In meiner Seele blühen süß deine Blicke
Und füllen sich,
Wenn meine Augen in den Schlaf wandeln.

Am Brunnen meiner Heimat
Steht ein Engel,
Der singt das Lied meiner Liebe,
Der singt das Lied Ruths.

Zebaoth

Gott, ich liebe dich in deinem Rosenkleide,
Wenn du aus den Gärten trittst, Zebaoth.
O, du Gottjüngling,
Du Dichter,
Ich trinke einsam von deinen Düften.

Meine erste Blüte Blut sehnte sich nach dir,
So komme doch,
Du süßer Gott,
Du Gespiele Gott,
Deines Tores Gold schmilzt an meiner Sehnsucht.

Sulamith

O, ich lernte an deinem süßen Munde
Zuviel der Seligkeiten kennen!
Schon fühl ich die Lippen Gabriels
Auf meinem Herzen brennen . . . .
Und die Nachtwolke trinkt
Meinen tiefen Zederntraum.
O, wie dein Leben mir winkt!
Und ich vergehe
Mit blühendem Herzeleid
Und verwehe im Weltraum,
In Zeit,
In Ewigkeit,
Und meine Seele verglüht in den Abendfarben
Jerusalems.

An Gott

Du wehrst den guten und den bösen Sternen nicht;
All ihre Launen strömen.
In meiner Stirne schmerzt die Furche,
Die tiefe Krone mit dem düsteren Licht.

Und meine Welt ist still –
Du wehrtest meiner Laune nicht.
Gott, wo bist du?

Ich möchte nah an deinem Herzen lauschen,
Mit deiner fernsten Nähe mich vertauschen,
Wenn goldverklärt in deinem Reich
Aus tausendseligem Licht
Alle die guten und die bösen Brunnen rauschen.

STYX

O, ich wollte, daß ich wunschlos schlief,
Wüßt ich einen Strom, wie mein Leben so tief,
Flösse mit seinen Wassern.

Weltschmerz

Ich, der brennende Wüstenwind,
Erkaltete und nahm Gestalt an.

Wo ist die Sonne, die mich auflösen kann,
Oder der Blitz, der mich zerschmettern kann!

Blick nun, ein steinernes Sphinxhaupt,
Zürnend zu allen Himmeln auf.

Chronica

Meinen Schwestern zu eigen

Mutter und Vater sind im Himmel –
    Amen.
Drei Seelen breiten
Aus stillem Morgenträumen
Zum Gottland ihre Wehmut aus; –
Denn drei sind wir Schwestern,
Die vor mir träumten schon in Sphinxgestalten
Zu Pharaozeiten; –
Mich formte noch im tiefsten Weltenschoß
Die schwerste Künstlerhand.
Und wisset, wer meine Brüder sind?
Sie waren die drei Könige, die gen Osten zogen
Dem weißen Sterne nach zum Gotteskind.
Aber acht Schicksale wucherten aus unserem Blut.
Vier plagen uns im Abendrot,
Vier verdunkeln uns die Morgenglut,
Sie brachten über uns Hungersnot
Und Herzensnot und Tod.
Und es steht:
Über unserem letzten Grab ihr Fortleben noch,
Den Fluch über alle Welten zu weben,
Sich ihres Bösen zu freuen.
Aber die Winde werden einst ihren Staub scheuen.
Satan, erbarme dich ihrer.

Weltflucht

Herwarth Walden, dem Tondichter des Liedes

Ich will in das Grenzenlose
Zu mir zurück,
Schon blüht die Herbstzeitlose
Meiner Seele,
Vielleicht ists schon zu spät zurück.
O, ich sterbe unter euch!
Da ihr mich erstickt mit euch.
Fäden möchte ich um mich ziehen
Wirrwarr endend!
Beirrend,
Euch verwirrend,
Zu entfliehn
Meinwärts.

Mein Tanzlied

Aus mir braust finstre Tanzmusik,
Meine Seele kracht in tausend Stücken;
Der Teufel holt sich mein Mißgeschick,
Um es ans brandige Herz zu drücken.

Die Rosen fliegen mir aus dem Haar
Und mein Leben saust nach allen Seiten,
So tanz ich schon seit tausend Jahr,
Seit meiner ersten Ewigkeiten.

Chaos

Die Sterne fliehen schreckensbleich
Vom Himmel meiner Einsamkeit,
Und das schwarze Auge der Mitternacht
Starrt näher und näher.

Ich finde mich nicht wieder
In dieser Todverlassenheit,
Mir ist, ich lieg von mir weltenweit
Zwischen grauer Nacht der Urangst.

Ich wollte, ein Schmerzen rege sich
Und stürze mich grausam nieder
Und riß mich jäh an mich!
Und es lege eine Schöpferlust
Mich wieder in meine Heimat
Unter der Mutterbrust.

Meine Mutterheimat ist seeleleer,
Es blühen dort keine Rosen
Im warmen Odem mehr. –
.... Möcht einen Herzallerliebsten haben,
Und mich in seinem Fleisch vergraben.

Dann

. . . Dann kam die Nacht mit deinem Traum
Im stillen Sternebrennen.
Und der Tag zog lächelnd an mir vorbei
Und die wilden Rosen atmeten kaum.

Nun sehn ich mich nach Traumesmai,
Nach deinem Liebeoffenbaren.
Möchte an deinem Munde brennen
Eine Traumzeit von tausend Jahren.

Abend

Es riß mein Lachen sich aus mir,
Mein Lachen mit den Kinderaugen,
Mein junges, springendes Lachen
Singt Tag der dunklen Nacht vor deiner Tür.

Es kehrte aus mir ein in dir
Zur Lust dein Trübstes zu entfachen –
Nun lächelt es wie Greisenlachen
Und leidet Jugendnot.

Meine Schamröte

Du, sende mir nicht länger den Duft,
Den brennenden Balsam
Deiner süßen Gärten zur Nacht.

Auf meiner Wange blutet die Scham
Und um mich zittert die Sommerluft.

Du . . . . wehe Kühle auf meine Wangen
Aus duftlosen, wunschlosen Gräsern zur Nacht.

Nur nicht länger den Hauch deiner suchenden Rosen,
Er quält meine Scham.

Sein Blut

Am liebsten pflückte er meines Glückes
Letzte Rose im Maien
Und würfe sie in den Rinnstein.
Sein Blut plagt ihn.

Am liebsten lockte er meiner Seele
Zitternden Sonnenstrahl
In seine düstre Nächtequal.

Am liebsten griff er mein spielendes Herz
Aus wiegendem Lenzhauch
Und hing es auf wo an einem Dornstrauch
. . . . Sein Blut plagt ihn.

Scheidung

Hab in einer sternlodernden Nacht
Den Mann neben mir ums Leben gebracht.
Und als sein girrendes Blut gen Morgen rann,
Blickte mich düster sein Schicksal an.

Dasein

Hatte wogendes Nachthaar,
Liegt lange schon wo begraben.
Hatte Augen wie Bäche klar,
Bevor die Trübsal mein Gast war,
Hatte Hände muschelrotweiß,
Aber die Arbeit verzehrte ihr Weiß.
Und einmal kommt der Letzte,
Der senkt den hohlen Blick
Nach meines Leibes Vergänglichkeit
Und wirft von mir alles Sterben.
Und es atmet meine Seele auf
Und trinkt das Ewige.

MEINE WUNDER

Nun schlummert meine Seele –

Der Sturm hat ihre Stämme gefällt,
O, meine Seele war ein Wald.

Hast du mich weinen gehört?
Weil deine Augen bang geöffnet stehn.
Sterne streuen Nacht
In mein vergossenes Blut.

Nun schlummert meine Seele
Zagend auf Zehen.

O, meine Seele war ein Wald;
Palmen schatteten,
An den Ästen hing die Liebe.
Tröste meine Seele im Schlummer.

Ankunft

Ich bin am Ziel meines Herzens angelangt.
Weiter führt kein Strahl.
Hinter mir laß ich die Welt,
Fliegen die Sterne auf: Goldene Vögel.

Hißt der Mondturm die Dunkelheit –
. . . O, wie mich leise eine süße Weise betönt . . .
Aber meine Schultern heben sich, hochmütige Kuppeln.

Von weit

Dein Herz ist wie die Nacht so hell,
Ich kann es sehn
– Du denkst an mich – es bleiben alle Sterne stehn.

Und wie der Mond von Gold dein Leib
Dahin so schnell
Von weit er scheint.

Wo mag der Tod mein Herz lassen?

Immer tragen wir Herz vom Herzen uns zu.
Pochende Nacht
Hält unsere Schwellen vereint.

Wo mag der Tod mein Herz lassen?
In einem Brunnen, der fremd rauscht –

In einem Garten, der steinern steht –
Er wird es in einen reißenden Fluß werfen.

Mir bangt vor der Nacht,
Daran kein Stern hängt.

Denn unzählige Sterne meines Herzens
Vergolden deinen Blutspiegel.

Liebe ist aus unserer Liebe vielfältig erblüht.
Wo mag der Tod mein Herz lassen?

Mein Sterbelied

Die Nacht ist weich von Rosensanftmut;
Komm, gib mir deine beiden Hände her,
Mein Herz pocht spät
Und durch mein Blut
Wandert die letzte Nacht und geht
Und naht so weit und ewig wie ein Meer.

Und hast du mich so sehr geliebt,
So nimm das Jubelndste von deinem Tag,
Gib mir das Gold, das keine Wolke trübt.

Es wallen Harmonien aus der Nachtlandferne –
Ich ziehe ein
Und werde Leben sein
Und Leben mich an Leben schmiegen,
Wenn über mir Paradiessterne
Ihre ersten Menschen wiegen.

Weltende

Herwarth Walden

Es ist ein Weinen in der Welt,
Als ob der liebe Gott gestorben wär,
Und der bleierne Schatten, der niederfällt,
Lastet grabesschwer.

Komm, wir wollen uns näher verbergen . . .
Das Leben liegt in aller Herzen
Wie in Särgen.

Du! wir wollen uns tief küssen –
Es pocht eine Sehnsucht an die Welt,
An der wir sterben müssen.

Leise sagen –

Du nahmst dir alle Sterne
Über meinem Herzen.

Meine Gedanken kräuseln sich,
Ich muß tanzen.

Immer tust du das, was mich aufschauen läßt,
Mein Leben zu müden.

Ich kann den Abend nicht mehr
Über die Hecken tragen.

Im Spiegel der Bäche
Finde ich mein Bild nicht mehr.

Dem Erzengel hast du
Die schwebenden Augen gestohlen;

Aber ich nasche vom Seim
Ihrer Bläue.

Mein Herz geht langsam unter
Ich weiß nicht wo –

Vielleicht in deiner Hand.
Überall greift sie an mein Gewebe.

Ein alter Tibetteppich

Deine Seele, die die meine liebet,
Ist verwirkt mit ihr im Teppichtibet.

Strahl in Strahl, verliebte Farben,
Sterne, die sich himmellang umwarben.

Unsere Füße ruhen auf der Kostbarkeit,
Maschentausendabertausendweit.

Süßer Lamasohn auf Moschuspflanzenthron,
Wie lange küßt dein Mund den meinen wohl
Und Wang die Wange buntgeknüpfte Zeiten schon?

Traum

Der Schlaf entführte mich in deine Gärten,
In deinen Traum – die Nacht war wolkenschwarz
umwunden –
Wie düstere Erden starrten deine Augenrunden,
Und deine Blicke waren Härten –

Und zwischen uns lag eine weite, steife
Tonlose Ebene . . .
Und meine Sehnsucht, hingegebene,
Küßt deinen Mund, die blassen Lippenstreife.

Nachklänge

Auf den harten Linien
Meiner Siege
Laß ich meine späte Liebe tanzen.

Herzauf, seelehin,
Tanze, tanze meine späte Liebe,
Und ich lächle schwervergessene Lieder.

Und mein Blut beginnt zu wittern,
Sich zu sehnen
Und zu flattern.

Schon vor Sternzeiten
Wünschte ich mir diese blaue,
Helle, leuchteblaue Liebe.

Deine Augen singen
Schönheit,
Duftende . . . .

Auf den harten Linien
Meiner Siege
Laß ich meine späte Liebe tanzen.

Und ich schwinge sie –
»Fangt auf ihr Rosenhimmel,
Auf und nieder!«

Tanze, tanze meine späte Liebe,
Herzab, seelehin –
Arglos über stille Tiefen . . . .
Über mein bezwungenes Leben.

Mein Liebeslied

Wie ein heimlicher Brunnen
Murmelt mein Blut,
Immer von dir, immer von mir.

Unter dem taumelnden Mond
Tanzen meine nackten, suchenden Träume,
Nachtwandelnde Kinder,
Leise über düstere Hecken.

O, deine Lippen sind sonnig . . .
Diese Rauschedüfte deiner Lippen . . .
Und aus blauen Dolden silberumringt
Lächelst du . . . du, du.

Immer das schlängelnde Geriesel
Auf meiner Haut
Über die Schulter hinweg –
Ich lausche . . .

Wie ein heimlicher Brunnen
Murmelt mein Blut.

O, meine schmerzliche Lust . . .

Mein Traum ist eine junge, wilde Weide
Und schmachtet in der Dürre.
Wie die Kleider um den Tag brennen . . .
Alle Lande bäumen sich.

Soll ich dich locken mit dem Liede der Lerche
Oder soll ich dich rufen wie der Feldvogel?
Tuuh! Tuuh!

Wie die Silberähren
Um meine Füße sieden – – –
O, meine schmerzliche Lust
Weint wie ein Kind.

Ich bin traurig

Deine Küsse dunkeln, auf meinem Mund.
Du hast mich nicht mehr lieb.

Und wie du kamst –!
Blau vor Paradies;

Um deinen süßesten Brunnen
Gaukelte mein Herz.

Nun will ich es schminken,
Wie die Freudenmädchen
Die welke Rose ihrer Lende röten.

Unsere Augen sind halb geschlossen,
Wie sterbende Himmel –

Alt ist der Mond geworden.
Die Nacht wird nicht mehr wach.

Du erinnerst dich meiner kaum.
Wo soll ich mit meinem Herzen hin?

Abend

Alexander von Bernus

Hauche über den Frost meines Herzens
Und wenn du es zwitschern hörst,
Fürchte dich nicht vor seinem schwarzen Lenz.

Immer dachte das kalte Wundergespenst an mich
Und säete unter meinen Füßen – Schierling.

Nun prägt in Sternen auf meine Leibessäule
Ein weinender Engel die Inschrift.

Der letzte Stern

Mein silbernes Blicken rieselt durch die Leere,
Nie ahnte ich, daß das Leben hohl sei.
Auf meinem leichtesten Strahl
Gleite ich wie über Gewebe von Luft
Die Zeit rundauf, kugelab,
Unermüdlicher tanzte nie der Tanz.
Schlangenkühl schnellt der Atem der Winde
Säulen aus blassen Ringen sich auf
Und zerfallen wieder.
Was soll das klanglose Luftgelüste,
Dieses Schwanken unter mir,
Wenn ich über die Lende der Zeit mich drehe.
Eine sanfte Farbe ist mein Bewegen
Und doch küßte nie das frische Auftagen,
Nicht das jubelnde Blühen eines Morgen mich.
Es naht der siebente Tag –
Und noch ist das Ende nicht erschaffen.
Tropfen an Tropfen erlöschen
Und reiben sich wieder,
In den Tiefen taumeln die Wasser
Und drängen hin und stürzen erdenab.
Wilde, schimmernde Rauscharme
Schäumen auf und verlieren sich,
Und wie alles drängt und sich engt
Ins letzte Bewegen.
Kürzer atmet die Zeit
Im Schoß der Zeitlosen.
Hohle Lüfte schleichen
Und erreichen das Ende nicht,
Und ein Punkt wird mein Tanz
In der Blindnis.

Mein stilles Lied

Meiner lieben Malerin Alice Trübner

Mein Herz ist eine traurige Zeit,
Die tonlos tickt.

Meine Mutter hatte goldene Flügel,
Die keine Welt fanden.

Horcht, mich sucht meine Mutter,
Lichte sind ihre Finger und ihre Füße wandernde Träume.

Und süße Wetter mit blauen Wehen
Wärmen meine Schlummer

Immer in den Nächten,
Deren Tage meiner Mutter Krone tragen.

Und ich trinke aus dem Monde stillen Wein,
Wenn die Nacht einsam kommt.

Meine Lieder trugen des Sommers Bläue
Und kehrten düster heim.

– Ihr verhöhntet meine Lippe
Und redet mit ihr. –

Doch ich griff nach euren Händen,
Denn meine Liebe ist ein Kind und wollte spielen.

Und ich artete mich nach euch,
Weil ich mich nach dem Menschen sehnte.

Arm bin ich geworden
An eurer bettelnden Wohltat.

Und das Meer wird es wehklagen
Gott.

Ich bin der Hieroglyph,
Der unter der Schöpfung steht,

Und mein Auge
Ist der Gipfel der Zeit;

Sein Leuchten küßt Gottes Saum.

Mein Wanderlied

Zwölf Morgenhellen weit
Verschallt der Geist der Mitternacht,
Und meine Lippen haben ausgedacht
In stolzer Linie mit der Ewigkeit.

Torabwärts schreitet das Verflossene,
Indes sich meine Seele in dem Glanz der Lösung bricht,
Ihr tausendheißes, weißes Licht
Scheint mir voran ins Ungegossene.

Und ich wachse über all Erinnern weit –
So ferne Musik – und zwischen Kampf und Frieden
Steigen meine Blicke, Pyramiden,
Und sind die Ziele hinter aller Zeit.

Der Letzte

Ich lehne am geschlossenen Lid der Nacht
Und horche in die Ruhe.

Alle Sterne träumen von mir,
Und ihre Strahlen werden goldener,
Und meine Ferne undurchdringlicher.

Wie mich der Mond umwandelt,
Immer blindes Geschimmer murmelnd,
Ein Derwisch ist er in seinem Wandeltanz.

Weißgelbenjung hing sein Schein
Schaumleicht an der Nacht,
Und jäh über die Wolken sein Lawinengedröhn
Immer grauab,
Mir zur Seite streifte sein Gold.

Mein Heimatmeer lauscht still in meinem Schoß,
Helles Schlafen – dunkles Wachen . . .
In meiner Hand liegt schwer mein Volk begraben,
Und Wetter ziehen schüchtern über mich.

Ich lehne am geschlossenen Lid der Nacht
Und horche in die Ruhe.

Vollmond

Meiner Stadt Theben

Leise schwimmt der Mond durch mein Blut ...
Schlummernde Töne sind die Augen des Tages
Wandelhin – taumelher –

Ich kann deine Lippen nicht finden ...
Wo bist du, ferne Stadt
Mit den segnenden Düften?

Immer senken sich meine Lider
Über die Welt – alles schläft.

MEINEM SO GELIEBTEN SPIELGEFÄHRTEN SENNA HOY

In Moskau der Prinz Sascha
Saß sündlos gefangen sieben Jahr.

Ballade

Sascha kommt aus Sibirien heim;
Wie er aussehn mag?

Trotzendes Gold seine Stirne war,
Süßer Todstrahl sein Haar,
Seine Lippen brannten am Altar.

Sascha trank meinen Herzseim
Jede Nacht, die am Traumhang lag.

Was er sagen mag –
Wie er klagen mag –

Wo steck ich meinen Liebsten hin?
Da ich ihm untreu war
Und doch nur seine Blume bin.

Dem Dichter färbt er die Schläfe rot,
Seine Ehre sticht den Wilddieb tot.

Aber den König trifft er nicht,
Der hat meines Bruders steinern Gesicht.
Sascha!

Senna Hoy

Wenn du sprichst,
Wacht mein buntes Herz auf.

Alle Vögel üben sich
Auf deinen Lippen.

Immerblau streut deine Stimme
Über den Weg;

Wo du erzählst, wird Himmel.

Deine Worte sind aus Lied geformt,
Ich traure, wenn du schweigst.

Singen hängt überall an dir –
Wie du wohl träumen magst?

Mein Liebeslied

Auf deinen Wangen liegen
Goldene Tauben.

Aber dein Herz ist ein Wirbelwind,
Dein Blut rauscht, wie mein Blut –

Süß
An Himbeersträuchern vorbei.

O, ich denke an dich – –
Die Nacht frage nur.

Niemand kann so schön
Mit deinen Händen spielen,

Schlösser bauen, wie ich
Aus Goldfinger;

Burgen mit hohen Türmen!
Strandräuber sind wir dann.

Wenn du da bist,
Bin ich immer reich.

Du nimmst mich so zu dir,
Ich sehe dein Herz sternen.

Schillernde Eidechsen
Sind deine Geweide.

Du bist ganz aus Gold –
Alle Lippen halten den Atem an.

Siehst du mich

Zwischen Erde und Himmel?
Nie ging einer über meinen Pfad.

Aber dein Antlitz wärmt meine Welt,
Von dir geht alles Blühen aus.

Wenn du mich ansiehst,
Wird mein Herz süß.

Ich liege unter deinem Lächeln
Und lerne Tag und Nacht bereiten,

Dich hinzaubern und vergehen lassen,
Immer spiele ich das eine Spiel.

Ein Liebeslied

Aus goldenem Odem
Erschufen uns Himmel.
O, wie wir uns lieben . . .

Vögel werden Knospen an den Ästen,
Und Rosen flattern auf.

Immer suche ich nach deinen Lippen
Hinter tausend Küssen.

Eine Nacht aus Gold,
Sterne aus Nacht . . .
Niemand sieht uns.

Kommt das Licht mit dem Grün,
Schlummern wir;
Nur unsere Schultern spielen noch wie Falter.

Ein Lied der Liebe

Seit du nicht da bist,
Ist die Stadt dunkel.

Ich sammle die Schatten
Der Palmen auf,
Darunter du wandeltest.

Immer muß ich eine Melodie summen,
Die hängt lächelnd an den Ästen.

Du liebst mich wieder –
Wem soll ich mein Entzücken sagen?

Einer Waise oder einem Hochzeitler,
Der im Widerhall das Glück hört.

Ich weiß immer,
Wann du an mich denkst –

Dann wird mein Herz ein Kind
Und schreit.

An jedem Tor der Straße
Verweile ich und träume;

Ich helfe der Sonne deine Schönheit malen
An allen Wänden der Häuser.

Aber ich magere
An deinem Bilde.

Um schlanke Säulen schlinge ich mich
Bis sie schwanken.

Überall steht Wildedel,
Die Blüten unseres Blutes.

Wir tauchen in heilige Moose,
Die aus der Wolle goldener Lämmer sind.

Wenn doch ein Tiger
Seinen Leib streckte

Über die Ferne, die uns trennt,
Wie zu einem nahen Stern.

Auf meinem Angesicht
Liegt früh dein Hauch.

Ein Trauerlied

Eine schwarze Taube ist die Nacht
. . . Du denkst so sanft an mich.

Ich weiß, dein Herz ist still,
Mein Name steht auf seinem Saum.

Die Leiden, die dir gehören,
Kommen zu mir.

Die Seligkeiten, die dich suchen,
Sammele ich unberührt.

So trage ich die Blüten deines Lebens
Weiter fort.

Und möchte doch mit dir stille stehn;
Zwei Zeiger auf dem Zifferblatt.

O, alle Küsse sollen schweigen
Auf beschienenen Lippen liebentlang.

Niemehr soll es früh werden,
Da man deine Jugend brach.

In deiner Schläfe
Starb ein Paradies.

Mögen sich die Traurigen
Die Sonne in den Tag malen.

Und die Trauernden
Schimmer auf ihre Wangen legen.

Im schwarzen Wolkenkelche
Steht die Mondknospe.

. . . Du denkst so sanft an mich.

Sascha

Um deine Lippen blüht noch jung
Der Trotz dunkelrot,

Aber auf deiner Stirne sind meine Gebete
Vom Sturm verwittert.

Daß wir uns im Leben
Nie küssen sollten . . .

Nun bist du der Engel,
Der auf meinem Grab steht.

Das Atmen der Erde bewegt
Meinen Leib wie lebendig.

Mein Herz scheint hell
Vom Rosenblut der Hecken.

Aber ich bin tot, Sascha,
Und das Lächeln liegt abgepflückt
Nur noch kurz auf meinem Gesicht.

Senna Hoy

Seit du begraben liegst auf dem Hügel,
Ist die Erde süß.

Wo ich hingehe nun auf Zehen,
Wandele ich über reine Wege.

O deines Blutes Rosen
Durchtränken sanft den Tod.

Ich habe keine Furcht mehr
Vor dem Sterben.

Auf deinem Grabe blühe ich schon
Mit den Blumen der Schlingpflanzen.

Deine Lippen haben mich immer gerufen,
Nun weiß mein Name nicht mehr zurück.

Jede Schaufel Erde, die dich barg,
Verschüttete auch mich.

Darum ist immer Nacht an mir,
Und Sterne schon in der Dämmerung.

Und ich bin unbegreiflich unseren Freunden
Und ganz fremd geworden.

Aber du stehst am Tor der stillsten Stadt
Und wartest auf mich, du Großengel.

MEINEM REINEN LIEBESFREUND
HANS EHRENBAUM-DEGELE

Tristan kämpfte in Feindesland;
Viel Lieder hat er heimgesandt
Bis der Feind brach seinen Leib.

Als ich Tristan kennen lernte –

O,
Du mein Engel,
Wir schweben nur noch
In holden Wolken.

Ich weiß nicht, ob ich lebe
Oder süß gestorben bin
In deinem Herzen.

Immer feiern wir Himmelfahrt
Und viel, viel Schimmer.

Goldene Heiligenbilder
Sind deine Augen.

Sage – wie ich bin?
Überall wollen Blumen aus mir.

An den Gralprinzen

Wenn wir uns ansehn,
Blühn unsere Augen.

Und wie wir staunen
Vor unseren Wundern – nicht?
Und alles wird so süß.

Von Sternen sind wir eingerahmt
Und flüchten aus der Welt.

Ich glaube, wir sind Engel.

An den Prinzen Tristan

Auf deiner blauen Seele
Setzen sich die Sterne zur Nacht.

Man muß leise mit dir sein,
O, du mein Tempel,
Meine Gebete erschrecken dich;

Meine Perlen werden wach
Von meinem heiligen Tanz.

Es ist nicht Tag und nicht Stern,
Ich kenne die Welt nicht mehr,
Nur dich – alles ist Himmel.

An den Ritter aus Gold

Du bist alles was aus Gold ist
In der großen Welt.

Ich suche deine Sterne
Und will nicht schlafen.

Wir wollen uns hinter Hecken legen,
Uns niemehr aufrichten.

Aus unseren Händen
Süße Träumerei küssen.

Mein Herz holt sich
Von deinem Munde Rosen.

Meine Augen lieben dich an,
Du haschst nach ihren Faltern.

Was soll ich tun,
Wenn du nicht da bist.

Von meinen Lidern
Tropft schwarzer Schnee;

Wenn ich tot bin,
Spiele du mit meiner Seele.

An Tristan

Ich kann nicht schlafen mehr,
Immer schüttelst du Gold über mich.

Und eine Glocke ist mein Ohr,
Wem vertraust du dich?

So hell wie du,
Blühen die Sträucher im Himmel.

Engel pflücken sich dein Lächeln
Und schenken es den Kindern.

Die spielen Sonne damit
Ja . .

GOTTFRIED BENN

Der hehre König Giselheer
Stieß mit seinem Lanzenspeer
Mitten in mein Herz.

Giselheer dem Heiden

Ich weine –
Meine Träume fallen in die Welt.

In meine Dunkelheit
Wagt sich kein Hirte

Meine Augen zeigen nicht den Weg
Wie die Sterne.

Immer bettle ich vor deiner Seele;
Weißt du das?

Wär ich doch blind –
Dächte dann, ich läg in deinem Leib.

Alle Blüten täte ich
Zu deinem Blut.

Ich bin vielreich,
Niemandwer kann mich pflücken;

Oder meine Gaben tragen
Heim.

Ich will dich ganz zart mich lehren;
Schon weißt du mich zu nennen.

Sieh meine Farben,
Schwarz und stern

Und mag den kühlen Tag nicht,
Der hat ein Glasauge.

Alles ist tot,
Nur du und ich nicht.

Lauter Diamant

Ich hab in deinem Antlitz
Meinen Sternenhimmel ausgeträumt.

Alle meine bunten Kosenamen
Gab ich dir,

Und legte die Hand
Unter deinen Schritt,

Als ob ich dafür
Ins Jenseits käme.

Immer weint nun
Vom Himmel deine Mutter,

Da ich mich schnitzte
Aus deinem Herzfleische,

Und du so viel Liebe
Launisch verstießest.

Dunkel ist es –
Es flackert nur noch
Das Licht meiner Seele.

Das Lied des Spielprinzen

Wie kann ich dich mehr noch lieben?
Ich sehe den Tieren und Blumen
Bei der Liebe zu.

Küssen sich zwei Sterne,
Oder bilden Wolken ein Bild –
Wir spielten es schon zarter.

Und deine harte Stirne,
Ich kann mich so recht an sie lehnen,
Sitz drauf wie auf einem Giebel.

Und in deines Kinnes Grube
Bau ich mir ein Raubnest –
Bis – du mich aufgefressen hast.

Find dann einmal morgens
Nur noch meine Kniee,
Zwei gelbe Skarabäen für eines Kaisers Ring.

Hinter Bäumen berg ich mich

Bis meine Augen ausgeregnet haben,

Und halte sie tief verschlossen,
Daß niemand dein Bild schaut.

Ich schlang meine Arme um dich
Wie Gerank.

Bin doch mit dir verwachsen,
Warum reißt du mich von dir?

Ich schenkte dir die Blüte
Meines Leibes,

Alle meine Schmetterlinge
Scheuchte ich in deinen Garten.

Immer ging ich durch Granaten,
Sah durch dein Blut

Die Welt überall brennen
Vor Liebe.

Nun aber schlage ich mit meiner Stirn
Meine Tempelwände düster.

O du falscher Gaukler,
Du spanntest ein loses Seil.

Wie kalt mir alle Grüße sind,
Mein Herz liegt bloß,

Mein rot Fahrzeug
Pocht grausig.

Bin immer auf See
Und lande nicht mehr.

Giselheer dem Tiger

Über dein Gesicht schleichen die Dschungeln.
O, wie du bist!

Deine Tigeraugen sind süß geworden
In der Sonne.

Ich trag dich immer herum
Zwischen meinen Zähnen.

Du mein Indianerbuch,
Wild West,
Siouxhäuptling!

Im Zwielicht schmachte ich
Gebunden am Buxbaumstamm –

Ich kann nicht mehr sein
Ohne das Skalpspiel.

Rote Küsse malen deine Messer
Auf meine Brust –

Bis mein Haar an deinem Gürtel flattert.

Höre

Ich raube in den Nächten
Die Rosen deines Mundes,
Daß keine Weibin Trinken findet.

Die dich umarmt,
Stiehlt mir von meinen Schauern,
Die ich um deine Glieder malte.

Ich bin dein Wegrand.
Die dich streift,
Stürzt ab.

Fühlst du mein Lebtum
Überall
Wie ferner Saum?

Palmenlied

O du Süßgeliebter,
Dein Angesicht ist mein Palmengarten,
Deine Augen sind schimmernde Nile
Lässig um meinen Tanz.

In deinem Angesicht sind verzaubert
Alle die Bilder meines Blutes,
Alle die Nächte, die sich in mir gespiegelt haben.

Wenn deine Lippen sich öffnen,
Verraten sie meine Seligkeiten.

Immer dieses Pochen nach dir –
Und hatte schon geopfert meine Seele.

Du mußt mich inbrünstig küssen,
Süßerlei Herzspiel;
Wir wollen uns im Himmel verstecken.

O du Süßgeliebter.

Verinnerlicht

Ich denke immer ans Sterben,
Mich hat niemand lieb.

Ich wollt, ich wär still Heiligenbild,
Und alles in mir ausgelöscht.

Träumerisch färbte Abendrot
Meine Augen wund verweint.

Weiß nicht, wo ich hin soll
Wie überall zu dir.

Bist meine heimliche Heimat
Und will nichts Leiseres mehr.

Wie blühte ich gern süß empor
An deinem Herzen himmelblau –

Lauter weiche Wege
Legte ich um dein pochend Haus.

Nur dich

Der Himmel trägt im Wolkengürtel
Den gebogenen Mond.

Unter dem Sichelbild
Will ich in deiner Hand ruhn.

Immer muß ich wie der Sturm will,
Bin ein Meer ohne Strand.

Aber seit du meine Muscheln suchst,
Leuchtet mein Herz.

Das liegt auf meinem Grund
Verzaubert.

Vielleicht ist mein Herz die Welt,
Pocht –

Und sucht nur noch dich –
Wie soll ich dich rufen?

Dem Barbaren

Deine rauhen Blutstropfen
Süßen auf meiner Haut.

Nenne meine Augen nicht Verräterinnen,
Da sie deine Himmel umschweben;

Ich lehne lächelnd an deiner Nacht
Und lehre deine Sterne spielen.

Und trete singend durch das rostige Tor
Deiner Seligkeit.

Ich liebe dich und nahe weiß
Und verklärt auf Wallfahrtzehen.

Trage dein hochmütiges Herz,
Den reinen Kelch den Engeln entgegen.

Ich liebe dich wie nach dem Tode
Und meine Seele liegt über dich gebreitet –

Meine Seele fing alle Leiden auf,
Dich erschüttern ihre schmerzlichen Bilder.

Aber so viele Rosen blühen,
Die ich dir schenken will;

O, ich möchte dir alle Gärten bringen
In einem Kranz.

Immer denke ich an dich,
Bis die Wolken sinken;

Wir wollen uns küssen –
Nicht?

Dem Barbaren

Ich liege in den Nächten
Auf deinem Angesicht.

Auf deines Leibes Steppe
Pflanze ich Zedern und Mandelbäume.

Ich wühle in deiner Brust unermüdlich
Nach den goldenen Freuden Pharaos.

Aber deine Lippen sind schwer,
Meine Wunder erlösen sie nicht.

Hebe doch deine Schneehimmel
Von meiner Seele –

Deine diamantnen Träume
Schneiden meine Adern auf.

Ich bin Joseph und trage einen süßen Gürtel
Um meine bunte Haut.

Dich beglückt das erschrockene Rauschen
Meiner Muscheln.

Aber dein Herz läßt keine Meere mehr ein.
O du!

O ich möcht aus der Welt

Dann weinst du um mich.
Blutbuchen schüren
Meine Träume kriegerisch.

Durch finster Gestrüpp
Muß ich
Und Gräben und Wasser.

Immer schlägt wilde Welle
An mein Herz;
Innerer Feind.

O ich möchte aus der Welt!
Aber auch fern von ihr
Irr ich, ein Flackerlicht

Um Gottes Grab.

HANS ADALBERT VON MALTZAHN

Der Freiherr mußte Vicemalik sein
In meiner bunten Thebenstadt,
Als ich nach Rußland zog,
Prinz Sascha zu befrein.

An Hans Adalbert

Wenn du sprichst
Blühen deine Worte auf in meinem Herzen.

Über deine hellen Haare
Schweben meine Gedanken schwarzhin.

Du bist ganz aus Süderde und Liebe
Und Stern und Taumel.

Ich aber bin lange schon gestorben.
O, du meine Himmelsstätte . . .

Dem Herzog von Leipzig

Deine Augen sind gestorben;
Du warst so lange auf dem Meer.

Aber auch ich bin
Ohne Strand.

Meine Stirne ist aus Muschel.
Tang und Seestern hängen an mir.

Einmal möchte ich mit meiner ziellosen Hand
Über dein Gesicht fassen,

Oder eine Eidechse über deine Lippen
Liebentlang mich kräuseln.

Weihrauch strömt aus deiner Haut,
Und ich will dich feiern,

Dir bringen meine Gärten,
Überall blüht mein Herz bunt auf.

Aber deine Brauen sind Unwetter . . .

In der Nacht schweb ich ruhlos am Himmel
Und werde nicht dunkel vom Schlaf.

Um mein Herz schwirren Träume
Und wollen Süßigkeit.

Ich habe lauter Zacken an den Randen,
Nur du trinkst Gold unversehrt.

Ich bin ein Stern
In der blauen Wolke deines Angesichts.

Wenn mein Glanz in deinem Auge spielt,
Sind wir eine Welt.

Und würden entschlummern verzückt –
Aber deine Brauen sind Unwetter.

Du machst mich traurig – hör

Bin so müde.
Alle Nächte trag ich auf dem Rücken
Auch deine Nacht,
Die du so schwer umträumst.

Hast du mich lieb?
Ich blies dir arge Wolken von der Stirn
Und tat ihr blau.

Was tust du mir in meiner Todesstunde?

Dem König von Böhmen

Ich frage nicht mehr –
Ich weiß wer auf den Sternen wohnt . . . . . .

Mein Herz sinkt tief in die Nacht.
So sterben Liebende
Immer an zärtlichen Himmeln vorbei;

Und atmen wieder dem Morgen entgegen
Auf frühleisen Schweben.
Ich aber wandele mit den heimkehrenden Sternen.

Und ich habe viele schlafende Knospen ausgelöscht,
Will ihr Sterben nicht sehn,
Wenn die Rosenhimmel tanzen.

Aus dem Gold meiner Stirne leuchtet der Smaragd,
Der den Sommer färbt.
Ich bin eine Prinzessin.

Mein Herz sinkt tief in die Nacht
An Liebende vorbei.

Dem Daniel Jesus Paul

Du es ist Nacht –
Wir wollen unsere Sehnsucht teilen,
Und in die Goldgebilde blicken.

Vor meinem Herzen sitzt immer eine Tote
Und bettelt um Almosen.

Und summt meine Lieder
Schon einen weißgewordenen Sommer lang.

Über den Grabweg hinweg
Wollen wir uns lieben,

Tollkühne Knaben,
Könige, die sich nur mit dem Szepter berühren!

Frage nicht – ich lausche
Deiner Augen Rauschehonig.

Die Nacht ist eine weiche Rose,
Wir wollen uns in ihren Kelch legen,

Immer ferner versinken,
Ich bin müde vom Tod!

Georg Trakl

Seine Augen standen ganz fern.
Er war als Knabe einmal schon im Himmel.

Darum kamen seine Worte hervor
Auf blauen und auf weißen Wolken.

Wir stritten über Religion,
Aber immer wie zwei Spielgefährten,

Und bereiteten Gott von Mund zu Mund.
Im Anfang war das Wort.

Des Dichters Herz, eine feste Burg,
Seine Gedichte: Singende Thesen.

Er war wohl Martin Luther.

Seine dreifaltige Seele trug er in der Hand,
Als er in den heiligen Krieg zog.

– Dann wußte ich, er war gestorben –

Sein Schatten weilte unbegreiflich
Auf dem Abend meines Zimmers.

Als der blaue Reiter war gefallen ...

Griffen unsere Hände sich wie Ringe; –
Küßten uns wie Brüder auf den Mund.

Harfen wurden unsere Augen,
Als sie weinten: Himmlisches Konzert.

Nun sind unsere Herzen Waisenengel.
Seine tiefgekränkte Gottheit
Ist erloschen in dem Bilde: Tierschicksale.

Abschied

Aber du kamst nie mit dem Abend –
Ich saß im Sternenmantel.

... Wenn es an mein Haus pochte,
War es mein eigenes Herz.

Das hängt nun an jedem Türpfosten,
Auch an deiner Tür;

Zwischen Farren verlöschende Feuerrose
Im Braun der Guirlande.

Ich färbte dir den Himmel brombeer
Mit meinem Herzblut.

Aber du kamst nie mit dem Abend –
... Ich stand in goldenen Schuhen.

Abdul Antinous

Deine Schlankheit fließt wie dunkles Geschmeide.
O du meine wilde Mitternachtssonne,
Küsse mein Herz, meine rotpochende Erde.

Wie groß aufgetan deine Augen sind –
Du hast den Himmel gesehn
So nah, so tief.

Und ich habe auf deiner Schulter
Mein Land gebaut –
Wo bist du?

Zögernd wie dein Fuß ist der Weg –
Sterne werden meine Blutstropfen . . . .
Du, ich liebe dich, ich liebe dich.

Pablo

Pablo nachts höre ich die Palmenblätter
Unter deinen Füßen rascheln.

Manchmal muß ich sehr weinen
Um dich vor Glück –

Dann wächst ein Lächeln
Auf deinem lässigen Lide.

Oder es geht dir eine seltene Freude auf:
Deines Herzens schwarze Aster.

Immer wenn du an Gärten vorbei
Das Ende deines Weges erblickst, Pablo,

– Es ist mein ewiger Liebesgedanke,
Der zu dir will.

Und oft wird Schimmer vom Himmel fallen,
Denn es sucht dich am Abend mein goldener Seufzer.

Bald kommt der schmachtende Monat
Über deine holde Stadt;

Unter dem Gartenbaum hängen
Wie bunte Trauben die Vögelscharen,

Und auch ich warte verzaubert
Von Traum behangen.

Du stolzer Eingeborener, Pablo,
Von deinem Angesicht atme ich fremde Liebeslaute;

In deiner Schläfe aber will ich meinen Glücksstern pflanzen,
Mich berauben meiner leuchtenden Blüte.

Ich träume so leise von dir

Immer kommen am Morgen schmerzliche Farben,
Die sind wie deine Seele.

O, ich muß an dich denken,
Und überall blühen so traurige Augen.

Und ich habe dir doch von großen Sternen erzählt,
Aber du hast zur Erde gesehn.

Nächte wachsen aus meinem Kopf,
Ich weiß nicht wo ich hin soll.

Ich träume so leise von dir,
Weiß hängt die Seide schon über meinen Augen.

Warum hast du nicht um mich
Die Erde gelassen – sage?

Abschied

Ich wollte dir immerzu
Viele Liebesworte sagen,

Nun suchst du ruhlos
Nach verlorenen Wundern.

Aber wenn meine Spieluhren spielen
Feiern wir Hochzeit.

O, deine süßen Augen
Sind meine Lieblingsblumen.

Und dein Herz ist mein Himmelreich . . . .
Laß mich hineinschaun.

Du bist ganz aus glitzernder Minze
Und so weich versonnen.

Ich wollte dir immerzu
Viele Liebesworte sagen,

Warum tat ich das nicht?

Dem Mönch

Ich taste überall nach deinem Schein.
Suchst du mich auch?

In meiner Stirne leuchtet
Der erblaßte Stern wieder,

Und sehe dich nur in der Welt,
Dein Lächeln immerfort.

Unsere himmelweißen Herzen
Erglühen im Schlaf.

O wir möchten uns küssen,
Aber es wäre wie Mord.

Ich stehe ganz bunt am Granatbaum
In einem Bilderbuch.

Manchmal schaust du auf mich –
Dann singen die Junivögel.

Dem Mönch

Meine Zehen wurden Knospen.
– Sieh, so komm ich zu dir.

Du bist am Rand über dem Tal
Die leuchtende Großkornblume;

Mit deinem Glück färbt sich
Der Himmel die Wangen blau.

Immer öffnet sich mein Wesen –
– Bin eine glitzernde Nische,

Aber du kommst nie zu deiner Anbetung,
Und morgen ist ewige Nacht.

Meine Sehnsucht ist im Sturm meiner Augen
Lange schon verwittert,

Die Korallen in meinem Blut
Sind ganz erblaßt.

Zwischen Dunkelheit verlischt mein Leben
Im scheidenden Antlitz des Mondes.

Ein Lied

Hinter meinen Augen stehen Wasser,
Die muß ich alle weinen.

Immer möcht ich auffliegen,
Mit den Zugvögeln fort;

Buntatmen mit den Winden
In der großen Luft.

O ich bin so traurig – – – –
Das Gesicht im Mond weiß es.

Drum ist viel samtne Andacht
Und nahender Frühmorgen um mich.

Als an deinem steinernen Herzen
Meine Flügel brachen,

Fielen die Amseln wie Trauerrosen
Hoch vom blauen Gebüsch.

Alles verhaltene Gezwitscher
Will wieder jubeln,

Und ich möchte auffliegen
Mit den Zugvögeln fort.

Heimlich zur Nacht

Ich habe dich gewählt
Unter allen Sternen.

Und bin wach – eine lauschende Blume
Im summenden Laub.

Unsere Lippen wollen Honig bereiten,
Unsere schimmernden Nächte sind aufgeblüht.

An dem seligen Glanz deines Leibes
Zündet mein Herz seine Himmel an –

Alle meine Träume hängen an deinem Golde,
Ich habe dich gewählt unter allen Sternen.

MEINE SCHÖNE MUTTER

blickte immer auf Venedig

Mutter

Meiner teuren Mutter, dem heiligsten Stern über meinem Leben

Ein weißer Stern singt ein Totenlied
  In der Julinacht.
Wie Sterbegeläut in der Julinacht.
Und auf dem Dach die Wolkenhand,
Die streifende feuchte Schattenhand
Sucht nach meiner Mutter.

Ich fühle mein nacktes Leben,
Es stößt sich ab vom Mutterland,
So nackt war nie mein Leben,
So in die Zeit gegeben,
Als ob ich abgeblüht
Hinter des Tages Ende
Zwischen weiten Nächten stände,
  Alleine.

Mutter

O Mutter, wenn du leben würdest,
Dann möcht ich spielen in deinem Schoß.

Mir ist bang und mein Herz schmerzt
Von der vielen Pein.
Überall sprießt Blutlaub.

Wo soll mein Kind hin?
Ich baute keinen Pfad froh,
Alle Erde ist aufgewühlt.

Liebe, liebe Mutter.

Meine Mutter

War sie der große Engel,
Der neben mir ging?

Oder liegt meine Mutter begraben
Unter dem Himmel von Rauch –
Nie blüht es blau über ihrem Tode.

Wenn meine Augen doch hell schienen
Und ihr Licht brächten.

Wäre mein Lächeln nicht versunken im Antlitz,
Ich würde es über ihr Grab hängen.

Aber ich weiß einen Stern,
Auf dem immer Tag ist;
Den will ich über ihre Erde tragen.

Ich werde jetzt immer ganz allein sein
Wie der große Engel,
Der neben mir ging.

Rast

Mit einem stillen Menschen will ich wandern
Über die Berge meiner Heimat,
Schluchzend über Schluchten,
Über hingestreckte Lüfte.

Überall beugen sich die Zedern
Und streuen Blüten.

Aber meine Schulter hängt herab
Von der Last des Flügels.
Suche ewige, stille Hände:
Mit meiner Heimat will ich wandern.

Und suche Gott

Meinem Paul

Ich habe immer vor dem Rauschen meines Herzens gelegen,
Nie den Morgen gesehen,
Nie Gott gesucht.
Nun aber wandle ich um meines Kindes
Goldgedichtete Glieder
Und suche Gott.

Ich bin müde vom Schlummer,
Weiß nur vom Antlitz der Nacht.
Ich fürchte mich vor der Frühe,
Sie hat ein Gesicht
Wie die Menschen, die fragen.

Ich habe immer vor dem Rauschen meines Herzens gelegen;
Nun aber taste ich um meines Kindes
Gottgelichtete Glieder.

Heimweh

Ich kann die Sprache
Dieses kühlen Landes nicht,
Und seinen Schritt nicht gehn.

Auch die Wolken, die vorbeiziehn,
Weiß ich nicht zu deuten.

Die Nacht ist eine Stiefkönigin.

Immer muß ich an die Pharaonenwälder denken
Und küsse die Bilder meiner Sterne.

Meine Lippen leuchten schon
Und sprechen Fernes,

Und bin ein buntes Bilderbuch
Auf deinem Schoß.

Aber dein Antlitz spinnt
Einen Schleier aus Weinen.

Meinen schillernden Vögeln
Sind die Korallen ausgestochen,

An den Hecken der Gärten
Versteinern sich ihre weichen Nester.

Wer salbt meine toten Paläste –
Sie trugen die Kronen meiner Väter,
Ihre Gebete versanken im heiligen Fluß.

Mein Lied

Meinem gefallenen, lieben Krieger Georg Trakl

Schlafend fällt das nächtliche Laub,
O, du stiller dunkelster Wald . . . .

Kommt das Licht mit dem Himmel,
Wie soll ich wach werden?
Überall wo ich gehe,
Rauscht ein dunkler Wald;

Und bin doch dein spielender Herzschelm, Erde,
Denn mein Herz murmelt das Lied
Moosalter Bäche der Wälder.

Das Lied meines Lebens

Sieh in mein verwandertes Gesicht ...
Tiefer beugen sich die Sterne.
Sieh in mein verwandertes Gesicht.

Alle meine Blumenwege
Führen auf dunkle Gewässer,
Geschwister, die sich tödlich stritten.

Greise sind die Sterne geworden ...
Sieh in mein verwandertes Gesicht.

Gebet

Meinem teuren Halbbruder, dem blauen Reiter

Ich suche allerlanden eine Stadt,
Die einen Engel vor der Pforte hat.
Ich trage seinen großen Flügel
Gebrochen schwer am Schulterblatt
Und in der Stirne seinen Stern als Siegel.

Und wandle immer in die Nacht . . .
Ich habe Liebe in die Welt gebracht –
Daß blau zu blühen jedes Herz vermag,
Und hab ein Leben müde mich gewacht,
In Gott gehüllt den dunklen Atemschlag.

O Gott, schließ um mich deinen Mantel fest;
Ich weiß, ich bin im Kugelglas der Rest,
Und wenn der letzte Mensch die Welt vergießt,
Du mich nicht wieder aus der Allmacht läßt
Und sich ein neuer Erdball um mich schließt.

GOTT HÖR ...

Gott hör . . .

Um meine Augen zieht die Nacht sich
Wie ein Ring zusammen.
Mein Puls verwandelte das Blut in Flammen
Und doch war alles grau und kalt um mich.

O Gott und bei lebendigem Tage,
Träum ich vom Tod.
Im Wasser trink ich ihn und würge ihn im Brot.
Für meine Traurigkeit gibt es kein Maß auf deiner Waage.

Gott hör . . . In deiner blauen Lieblingsfarbe
Sang ich das Lied von deines Himmels Dach –
Und weckte doch in deinem ewigen Hauche nicht den Tag.
Mein Herz schämt sich vor dir fast seiner tauben Narbe.

Wo ende ich? – O Gott!! Denn in die Sterne,
Auch in den Mond sah ich, in alle deiner Früchte Tal.
Der rote Wein wird schon in seiner Beere schal . . .
Und überall – die Bitternis – in jedem Kerne.

Gedenktag

Das Meer steigt rauschend übers Land,
Inbrünstig fallen Wasser aus den Höhen.
Still brennt die Kerze noch in meiner Hand.

Ich möchte meine liebe Mutter wiedersehen . . .
Begraben hab' ich meinen Leib im kühlen Sand,
Doch meine Seele will von dieser Welt nicht gehen.

Und hat sich von mir abgewandt.
Ich wollte immer ihr ein Kleid aus Muscheln nähen;
In meinen rauhen Körper wurde sie verbannt.

Doch meine liebe Mutter gab sie mir zum Pfand.
Ich suche meine Seele überall auf Zehen;
Die nistete an meiner roten Felsenwand,
Und noch in meinem Auge irrt ihr Spähen.

Ein Lied an Gott

Es schneien weiße Rosen auf die Erde,
Warmer Schnee schmückt milde unsere Welt;
Die weiß es, ob ich wieder lieben werde,
Wenn Frühling sonnenseiden niederfällt.

Zwischen Winternächten liegen meine Träume
Aufbewahrt im Mond, der mich betreut –
Und mir gut ist, wenn ich hier versäume
Dieses Leben, das mich nur verstreut.

Ich suchte Gott auf innerlichsten Wegen
Und kräuselte die Lippe nie zum Spott.
In meinem Herzen fällt ein Tränenregen;
Wie soll ich dich erkennen, lieber Gott . . .

Da ich dein Kind bin, schäme ich mich nicht,
Dir ganz mein Herz vertrauend zu entfalten.
Schenk mir ein Lichtchen von dem ewigen Licht! – – –
Zwei Hände, die mich lieben, sollen es mir halten.

So dunkel ist es fern von deinem Reich
O Gott, wie kann ich weiter hier bestehen.
Ich weiß, du formtest Menschen, hart und weich,
Und weintetest gotteigen, wolltest du wie Menschen sehen.

Mein Angesicht barg ich so oft in deinem Schoß –
Ganz unverhüllt: du möchtest es erkennen.
Ich und die Erde wurden wie zwei Spielgefährten groß!
Und dürfen »du« dich beide, Gott der Welten, nennen.

So trübe aber scheint mir gerade heut die Zeit
Von meines Herzens Warte aus gesehen;
Es trägt die Spuren einer Meereseinsamkeit
Und aller Stürme sterbendes Verwehen.

Ewige Nächte

Ich sitze so alleine in der Nacht
An meinem Tisch, der trägt noch seine Lebensfarbe.
Auf jede seiner Adern geb ich acht,
– Mich dünkt, er blutet noch aus einer Narbe.

Vielleicht stieß mal ein Messer in den Stamm
Ein Mann im Walde, – seine Lust zu kühlen.
Und reckte weit am Teiche in den Schlamm
Die Glieder, die entlasteten zu fühlen.

Er warf mit seinem Tropfen letzter Lust
Die Menschheit von sich ab in einer einzigen Wehe.
Ich wälze auch, wie er, mein »Ich« bewußt!
Ein Volk von mir, bevor ich aus dem Leben gehe.

Dich suchte unaufhörlich ich auf meinem Pfad,
Nie aber kam mein Ebenmensch mir je entgegen.
Und doch wurd' alles, was ich sann, zur Tat,
Und hat das Wort auch tausend Jahr in mir gelegen.

Und flöße Furcht ein, ob des Segens Segen,
Um Dunkelheit vor meines Tisches stillem Tal:
Ein wilder Jude mit dem Kopf des Baal.
Verwittert – ewige Nächte . . . Draußen fällt ein Regen.

Genesis

Aus Algenmoos und Muscheln schleichen feuchte Düfte . . .
Frohlockend schmiegt die Erde ihren Arm um meine Hüfte.
– Mein Geist hat nach dem Heiligen Geist gesucht –.

Und tauchte auf den Vogelgrund der Lüfte
Und grub nach Gott in jedem Stein der Klüfte
Und blieb doch Fleisch, leibeigen und verflucht.

Ich keimte schon am Zweig der Liebesgifte,
Als noch der Schöpfer durch die Meere schiffte,
Das Wasser trennte von der Bucht.

Und alles gut fand, da Er Seine Erde prüfte,
Und nicht ein Korn sprießt ungebucht.

Doch Seine beiden Menschen trieb Er in die Flucht!
Noch schlief der Weltenplan in Seinem Schöpferstifte.
Sie fügten sich nicht Seiner väterlichen Zucht.

Unbändig wie das Feuer zwischen Stein und Stein
Noch ungeläutert zu entladen sich versucht,
So trotzten sie!!
Wie meines Herzens ungezähmte Wucht.

Das Wunderlied

Schwärmend trat ich aus glitzerndem Herzen
Wogender Liebesfäden,

Ganz schüchtern, hervor; Nacht im Auge,
Geöffnete Lippen . . .

Aber wo auch ein See lockte,
Goldene Tränke,

Starb an der Labe mein pochendes Wild
In der Brust.

Was soll mir der Wein deines Tisches,
Reichst du mir des Herzens Mannah nicht.

Süß mir, wenn ich im Rauschen der Liebe
Für dich gestorben wär –

Nun ist mein Leben verschneit,
Erstarrt meine Seele,

Die lächelte sonntäglich dir
Friede ins Herz.

Ich suche das Glück nicht mehr.
Wo ich auch unter hochzeitlichem Morgen saß,

Erfror der träumende Lotos
Auf meinem Blut.

Die Erkenntnis

Unaufhörlich fällt ein frischer Regen
Auf das durstige Erdreich und auf meine Haut.
Ich will mich mitten in der Welten Mitten legen,
Bevor der Mensch und auch das Tier wird laut.

Ich wachse wie das Blatt im Wassersegen
Und ehe noch der frühe Morgen graut,
Bin ich ein Wald, und Sonne säumt auf meinen Wegen,
Da ich auf ewigen Wandel mich hab aufgebaut.

So ungeklügelt, ohne zu erwägen,
Wächst gottentsprossen selbst das ärmste Wegekraut,
Nur die »Erkenntnis« liegt im menschlichen Vermögen.
Doch sie zur letzten Deutlichkeit zu pflegen –
Vermag man, wenn der Zapfen aller Überhebung taut.

Abendlied

Auf die jungen Rosensträucher
Fällt vom Himmel weicher Regen,
Und die Welt wird immer reicher.

O mein Gott mein, nur alleine,
Ich verdurste und verweine
In dem Segen.

Engel singen aus den Höhen:
»Heut ist Gottes Namenstag,
Der allweiß hier vom Geschehen . . .«

Und ich kann es nicht verstehen,
Da ich unter seinem Dach
Oft so traurig erwach.

Weihnachten

Einmal kommst du zu mir in der Abendstunde
Aus meinem Lieblingssterne weich entrückt,
Das ersehnte Liebeswort im Munde,
Alle Zweige warten schon geschmückt.

O ich weiß, ich leuchte wieder dann,
Denn du zündest meine weißen Lichte an.

»Wann?« – ich frage seit ich dir begegnet – »wann?«
Einen Engel schnitt ich mir aus deinem goldenen Haare
Und den Traum, der mir so früh zerrann.
O ich liebe dich, ich liebe dich,
Ich liebe dich!

Hörst du, ich liebe dich – – –
Und unsere Liebe wandelt schon Kometenjahre,
Bevor du mich erkanntest und ich dich.

Die Liebe ist der Baum der Weihnacht

Wir welken längst wo angelehnt,
Am grauen Steine einer alten Mauer;
So ausgelöscht und haben uns gesehnt,
Nach einem einzigen Lichtlein in der Weltentrauer.

Wie nie auf einmal standen wir im Glanz,
Und unsere feierlichen Herzen hingegeben
Verglühten ineinander wie im Tempeltanz.

Was soll ich weiter und auch du mit deinem Leben,
Lichtlosem Dasein, das hell brannte in die Nacht,
Jäh umgebracht –
Mit meinem funkelte noch eben . . .

Letzter Abend im Jahr

Es ist so dunkel heut,
Man kann kaum in den Abend sehen.
Ein Lichtchen loht,
Verspieltes Himmelchen spielt Abendrot
Und weigert sich, in seine Seligkeit zu gehen.
– So alt wird jedes Jahr die Zeit –
Und die vorangegangene verwandelte der Tod.

Mein Herz blieb ganz für sich
Und fand auf Erden keinen Trost.
Und bin ich auch des Mondes Ebenich,
Geleitetest auch du im vorigen Leben mich,
Und sah ich auch den blausten Himmel in Gottost.

Es ruhen Rand an Rand einträchtig Land und Seeen,
– Das Weltall spaltet sich doch nicht –,
O Gott, wie kann der Mensch verstehen,
Warum der Mensch haltlos vom Menschtum bricht,
Sich wieder sammeln muß im höheren Geschehen.

Abschied

Der Regen säuberte die steile Häuserwand,
Ich schreibe auf den weißen, steinernen Bogen
Und fühle sanft erstarken meine müde Hand
Von Liebesversen, die mich immer süß betrogen.

Ich wache in der Nacht stürmisch auf hohen Meereswogen!
Vielleicht entglitt ich meines Engels liebevoller Hand,
Ich hab' die Welt, die Welt hat mich betrogen;
Ich grub den Leichnam zu den Muscheln in den Sand.

Wir blicken all' zu *einem* Himmel auf, mißgönnen uns das
Land? –
Warum hat Gott im Osten wetterleuchtend sich verzogen,
Vom Ebenbilde Seines Menschen übermannt?

Ich wache in der Nacht stürmisch auf hohen Meereswogen!
Und was mich je mit Seiner Schöpfung Ruhetag verband,
Ist wie ein spätes Adlerheer unstät in diese Dunkelheit
geflogen.

Aus der Ferne

Die Welt, aus der ich lange mich entwand,
Ruht kahl, von Glut entlaubt, in dunkler Hand;
Die Heimat fremd, die ich mit Liebe überhäufte,
Aus der ich lebend in die Himmel reifte.

Es wachsen auch die Seelen der verpflanzten Bäume
Auf Erden schon in Gottes blaue Räume,
Um inniger von Seiner Herrlichkeit zu träumen.

Der große Mond und seine Lieblingssterne,
Spielen mit den bunten Muschelschäumen
Und hüten über Meere Gottes Geist so gerne.

So fern hab ich mir nie die Ewigkeit gedacht . . .
Es weinen über unsere Welt die Engel in der Nacht.
Sie läuterten mein Herz, die Fluren zu versüßen,
Und ließen euch in meinen Versen grüßen.

MEIN BLAUES KLAVIER

Meinen unvergeßlichen Freunden und Freundinnen in den Städten Deutschlands – und denen, die wie ich vertrieben und nun zerstreut in der Welt, In Treue!

An meine Freunde

Nicht die tote Ruhe –
Bin nach einer stillen Nacht schon ausgeruht.
Oh, ich atme Geschlafenes aus,
Den Mond noch wiegend
Zwischen meinen Lippen.

Nicht den Todesschlaf –
Schon im Gespräch mit euch
Himmlisch Konzert . . . . .
Und neu Leben anstimmt
In meinem Herzen.

Nicht der Überlebenden schwarzer Schritt!
Zertretene Schlummer zersplittern den Morgen.
Hinter Wolken verschleierte Sterne
Über Mittag versteckt –
So immer wieder neu uns finden.

In meinem Elternhause nun
Wohnt der Engel Gabriel . . . . .
Ich möchte innig dort mit euch
Selige Ruhe in einem Fest feiern –
Sich die Liebe mischt mit unserem Wort.

Aus mannigfaltigem Abschied
Steigen aneinandergeschmiegt die goldenen Staubfäden,
Und nicht ein Tag ungesüßt bleibt
Zwischen wehmütigem Kuß
Und Wiedersehn!

Nicht die tote Ruhe –
So ich liebe im Odem sein . . . . .!
Auf Erden mit euch im Himmel schon.
Allfarbig malen auf blauem Grund
Das ewige Leben.

Meine Mutter

Es brennt die Kerze auf meinem Tisch
Für meine Mutter die ganze Nacht –
Für meine Mutter . . . . .

Mein Herz brennt unter dem Schulterblatt
Die ganze Nacht
Für meine Mutter . . . . .

Jerusalem

Gott baute aus Seinem Rückgrat: Palästina
aus einem einzigen Knochen: Jerusalem.

Ich wandele wie durch Mausoleen –
Versteint ist unsere Heilige Stadt.
Es ruhen Steine in den Betten ihrer toten Seen
Statt Wasserseiden, die da spielten: Kommen und Vergehen.

Es starren Gründe hart den Wanderer an –
Und er versinkt in ihre starren Nächte.
Ich habe Angst, die ich nicht überwältigen kann.

Wenn du doch kämest . . . . .
Im lichten Alpenmantel eingehüllt –
Und meines Tages Dämmerstunde nähmest –
Mein Arm umrahmte dich, ein hilfreich Heiligenbild.

Wie einst wenn ich im Dunkel meines Herzens litt –
Da deine Augen beide: blaue Wolken.
Sie nahmen mich aus meinem Trübsinn mit.

Wenn du doch kämest –
In das Land der Ahnen –
Du würdest wie ein Kindlein mich ermahnen:
Jerusalem – erfahre Auferstehen!

Es grüßen uns
Des »Einzigen Gottes« lebendige Fahnen,
Grünende Hände, die des Lebens Odem säen.

An mein Kind

Immer wieder wirst du mir
Im scheidenden Jahre sterben, mein Kind,

Wenn das Laub zerfließt
Und die Zweige schmal werden.

Mit den roten Rosen
Hast du den Tod bitter gekostet,

Nicht ein einziges welkendes Pochen
Blieb dir erspart.

Darum weine ich sehr, ewiglich . . . . .
In der Nacht meines Herzens.

Noch seufzen aus mir die Schlummerlieder,
Die dich in den Todesschlaf schluchzten,

Und meine Augen wenden sich nicht mehr
Der Welt zu;

Das Grün des Laubes tut ihnen weh.
– Aber der Ewige wohnt in mir.

Die Liebe zu dir ist das Bildnis,
Das man sich von Gott machen darf.

Ich sah auch die Engel im Weinen,
Im Wind und im Schneeregen.

Sie schwebten . . . .
In einer himmlischen Luft.

Wenn der Mond in Blüte steht,
Gleicht er deinem Leben, mein Kind.

Und ich mag nicht hinsehen,
Wie der lichtspendende Falter sorglos dahinschwebt.

Nie ahnte ich den Tod
– Spüren um dich, mein Kind –

Und ich liebe des Zimmers Wände,
Die ich bemale mit deinem Knabenantlitz.

Die Sterne, die in diesem Monat
So viele sprühend ins Leben fallen,
Tropfen schwer auf mein Herz.

Mein blaues Klavier

Ich habe zu Hause ein blaues Klavier
Und kenne doch keine Note.

Es steht im Dunkel der Kellertür,
Seitdem die Welt verrohte.

Es spielten Sternenhände vier
– Die Mondfrau sang im Boote –
Nun tanzen die Ratten im Geklirr.

Zerbrochen ist die Klaviatür . . . . .
Ich beweine die blaue Tote.

Ach liebe Engel öffnet mir
– Ich aß vom bitteren Brote –
Mir lebend schon die Himmelstür –
Auch wider dem Verbote.

Gebet

Oh Gott, ich bin voll Traurigkeit .....
Nimm mein Herz in deine Hände –
Bis der Abend geht zu Ende
In steter Wiederkehr der Zeit.

Oh Gott, ich bin so müd, oh, Gott,
Der Wolkenmann und seine Frau
Sie spielen mit mir himmelblau
Im Sommer immer, lieber Gott.

Und glaube unserm Monde, Gott,
Denn er umhüllte mich mit Schein,
Als wär ich hilflos noch und klein,
– Ein Flämmchen Seele.

Oh, Gott, und ist sie auch voll Fehle –
Nimm sie still in deine Hände .....
Damit sie leuchtend in dir ende.

Über glitzernden Kies

Könnt ich nach Haus –
Die Lichte gehen aus –
Erlischt ihr letzter Gruß.

Wo soll ich hin?
Oh Mutter mein, weißt du's?
Auch unser Garten ist gestorben! . . . . .

Es liegt ein grauer Nelkenstrauß
Im Winkel wo im Elternhaus.
Er hatte große Sorgfalt sich erworben.

Umkränzte das Willkommen an den Toren
Und gab sich ganz in seiner Farbe aus.
Oh liebe Mutter! . . . . .

Versprühte Abendrot
Am Morgen weiche Sehnsucht aus,
Bevor die Welt in Schmach und Not.

Ich habe keine Schwestern mehr und keine Brüder.
Der Winter spielte mit dem Tode in den Nestern
Und Reif erstarrte alle Liebeslieder.

Ouvertüre

Wir trennten uns im Vorspiele der Liebe .....
An meinem Herzen glitzerte noch hell dein Wort,
Und still verklangen wir im Stadtgetriebe,
Im Abendschleier der Septembertrübe
In einem schluchzenden Akkord.
Doch in der kurzen Liebesouvertüre
Entschwanden wir von dieser Erde fort
Durch Paradiese bis zur Himmelstüre –
Und es bedurfte nicht der ewigen Liebesschwüre
Und nicht der Küsse blauer Zaubermord.
Und meiden doch seitdem uns wie zwei Diebe!
Und nur geheim betreten wir den Ort,
Wo uns vergoldete die Liebe.
Bewahren wir sie, daß sie nicht erfriere
Oder im Alltag blinder Lust verdorrt.
Ich weinte bitterlich, wenn ich es einst erführe –

An Mill

Es tanzen Schatten in den dunkelgrünen Bäumen,
Die du so liebst, elf deiner guten Feen,
Die treu dein Haus und dich, du Rauschender, betreuen.

Wir leben lange schon im höheren Geschehen – –
Schneeweißer Damast liegt auf allen Seen
Aus Zauberseide wie in meinen Reimen.
Von einem jähen Hauche – kann der Vers verwehen.

Es gilt den Augenblick der Liebe zu vernehmen,
Da Heimat gegenseitig wir im Auge sehen.
Am Hange unserer Liebe süßes Schemen,
Erblüht die Königin der Nacht aus den Kakteen.

Schwer in den Wolkenbergen, die weich träumen,
Taumelt von Sternenrebenperlenüberschäumen
Der trunkne goldne Winzer und beleuchtet die Alleen.

Es kommt der Abend

Es kommt der Abend und ich tauche in die Sterne,
Daß ich den Weg zur Heimat im Gemüte nicht verlerne
Umflorte sich auch längst mein armes Land.

Es ruhen unsere Herzen liebverwandt,
Gepaart in einer Schale:
Weiße Mandelkerne –

..... Ich weiß, du hältst wie früher meine Hand
Verwunschen in der Ewigkeit der Ferne .....
Ach meine Seele rauschte, als dein Mund es mir gestand.

Mich führte in die Wolke

Mich führte in die Wolke mein Geschick –
Wir teilten säumerisch ein erdentschwertes Glück.

Ich dachte viel an Julihimmel –
Du sahst das Blau in meinem Blick.

Und schwebten mit den Vögeln auf
Ein Silberrausch . . .
Bevor die Welt brach das Genick.

Und auch wir beide blieben nicht verschont
– Und träumen trübe unterm bleichen Rosenstrauch
im Mond
Die Lande unter uns: verblichnes Mosaik.

Mein armes Lied

Mein Angesicht liegt nachts auf deinen Händen,
Es leuchten stille Kerzen von den Wänden
Und werfen um mich einen feierlichen Schein.
Ich will dein heiliger Widder sein,
Führ mich zur Opfergabe in den Hain.

Die Welt bricht auf an allen Enden
Und an den Stöcken glüht in zarten Ampeln süßer Wein.
Und Mond und Sterne gehen auf mit meinem Herzen im
Verein.
Und meine Lenden sprießen feierlich verzückt: vergessene
goldene Legenden.

Und die Welten um mich streiten sich
Und berauschen sich am blutigen Weine.

Weißt du noch im Mondenscheine?
Du und ich –
Eh noch mein Herz verblich
Und ich deinem Herzen glich
Tausendmal und eins verklärt um dich –

Bette meine Liebe fürsorglich
Zwischen leisverpochendem Gebeine –
Müde bin ich wie der rote Rotdorn und der weiße kleine –
An der Hecke drüben und – sich mußten lieben
Und – nie fanden sich –

Abends

Auf einmal mußte ich singen –
Und ich wußte nicht warum?
– Doch abends weinte ich bitterlich.

Es stieg aus allen Dingen
Ein Schmerz, und der ging um
– Und legte sich auf mich.

Dem Verklärten

Aber bitter und karg war mein Brot,
Verblichen –
Das Gold meiner Wangen Bernstein.

In die Höhlen schleiche ich
Mit den Pantern
In der Nacht.

So bange mir in der Dämmerung Weh . . .
Legen sich auch schlafen
Die Sterne auf meine Hand.

Du staunst über ihr Leuchten –
Doch fremd dir die Not
Meiner Einsamkeit.

Es erbarmen sich auf den Gassen
Die wilden Tiere meiner.
Ihr Heulen endet in Liebesklängen.

Du aber wandelst entkommen dem Irdischen
Um den Sinai lächelnd verklärt –
Fremdfern vorüber meiner Welt.

Und

Und hast mein Herz verschmäht –
In die Himmel wärs geschwebt
Selig aus dem engen Zimmer!

Wenn der Mond spazieren geht,
Hör ichs pochen immer
Oft bis spät.

Aus Silberfäden zart gedreht
Mein weiß Gerät –
Trüb nun sein Schimmer.

Ein Liebeslied

Komm zu mir in der Nacht – wir schlafen engverschlungen.
Müde bin ich sehr, vom Wachen einsam.
Ein fremder Vogel hat in dunkler Frühe schon gesungen,
Als noch mein Traum mit sich und mir gerungen.

Es öffnen Blumen sich vor allen Quellen
Und färben sich mit deiner Augen Immortellen .....

Komm zu mir in der Nacht auf Siebensternenschuhen
Und Liebe eingehüllt spät in mein Zelt.
Es steigen Monde aus verstaubten Himmelstruhen.

Wir wollen wie zwei seltene Tiere liebesruhen
Im hohen Rohre hinter dieser Welt.

Ich schlafe in der Nacht –

Ich schlafe in der Nacht an fremden Wänden
Und wache in der Frühe auf an fremder Wand.
Ich legte mein Geschick in harten Händen
Und reihe Tränen auf, so dunkle Perlen ich nie fand.

Ich habe einmal einen blauen Pfad gekannt
Doch weiß ich nicht mehr, wo ich mich vor dieser Welt
befand.
Und – meine Sehnsucht will nicht enden! . . .

Vom Himmel her sind beide wir verwandt
Und unsere Seelen schweben übers Heilige Land
In *einem* Sternenkleide leuchtend um die Lenden.

In meinem Schoße

In meinem Schoße
Schlafen die dunkelen Wolken –
Darum bin ich so traurig, du Holdester.

Ich muß deinen Namen rufen
Mit der Stimme des Paradiesvogels,
Wenn sich meine Lippen bunt färben.

Es schlafen schon alle Bäume im Garten –
Auch der nimmermüde
Vor meinem Fenster –

Es rauscht der Flügel des Geiers
Und trägt mich durch die Lüfte
Bis über dein Haus.

Meine Arme legen sich um deine Hüften,
Mich zu spiegeln
In deines Leibes Verklärtheit.

Lösche mein Herz nicht aus –
Du den Weg findest –
Immerdar.

Dem Holden

Ich taumele über deines Leibes goldene Wiese,
Es glitzern auf dem Liebespfade hin die Demantkiese
Und auch zu meinem Schoße
Führen bunterlei Türkise.

Ich suchte ewig dich – es bluten meine Füße –
Ich löschte meinen Durst mit deines Lächelns Süße.
Und fürchte doch, daß sich das Tor
Des Traumes schließe.

Ich sende dir, eh ich ein Tropfen frühes Licht genieße,
In blauer Wolke eingehüllte Grüße
Und von der Lippe abgepflückte eben erst erblühte Küsse.
Bevor ich schwärmend in den Morgen fließe.

Ich säume liebentlang

Ich säume liebentlang durchs Morgenlicht,
Längst lebe ich vergessen – im Gedicht.
Du hast es einmal mir gesprochen.

Ich weiß den Anfang –
Weiter weiß ich von mir nicht.
Doch hörte ich mich schluchzen im Gesang.

Es lächelten die Immortellen hold in deinem Angesicht,
Als du im Liebespsalme unserer Melodie
Die Völker tauchtest und erhobest sie.

An Apollon

Es ist am Abend im April.
Der Käfer kriecht ins dichte Moos.
Er hat *so* Angst – die Welt *so* groß!

Die Wirbelwinde hadern mit dem Leben,
Ich halte meine Hände still ergeben
Auf meinem frommbezwungenen Schoß.

Ein Engel spielte sanft auf blauen Tasten,
Langher verklungene Phantasie.
Und alle Bürde meiner Lasten,
Verklärte und entschwerte sie.

Jäh tut mein sehr verwaistes Herz mir weh –
Blutige Fäden spalten seine Stille.
Zwei Augen blicken wund durch ihre Marmorhülle
In meines pochenden Granates See.

Er legte Brand an meines Herzens Lande –
Nicht mal sein Götterlächeln
Ließ er mir zum Pfande.

Dämmerung

Ich halte meine Augen halb geschlossen,
Graumütig ist mein Herz und wolkenreich.
Ich suche eine Hand, der meinen gleich ...
Mich hat das Leben, ich hab es verstoßen
Und lebe angstvoll nun im Übergroßen
Im irdischen Leibe schon im Himmelreich.
Und in der Frühe war ich blütenreich
Und über Nacht froh aufgeschossen,
Vom Zauber eines Traumes übergossen –
Nun färben meine Wangen meine Spiegel bleich.

Abendzeit

Erblaßt ist meine Lebenslust – . . . . .
Ich fiel so einsam auf die Erde,
Von wo ich kam, hat nie ein Mensch gewußt,
– Nur du, da ich vereint einst mit dir werde.

Ich bin von Meeresbuchten weit umstellt,
Jedwedes Ding erlebe ich im Schaume.
Der Mensch, der feindlich mich ereilt, zerschellt!
Und ich weiß nur von ihm im Traume.

Und so erlebe ich die Schöpfung dieser Welt,
Auf Erden schon entkommen ihrer Schale.
Und du der Stern, der hoch vom Himmel fällt,
Vergräbt sich tief in meines Herzens Tale.

Die Abendzeit verdüstert sehr mein Blut –
Durchädert qualvoll meine müde Seele.
Nackt steigt sie wieder aus der vorweltlichen Flut
Und bangt, daß sie verkörpert hier auf Erden fehle.

Und was der Tag, noch ehe er erwacht,
Versäumte morgenrötlich zu erleben,
Reicht ihm das träumerische Bilderspiel der Nacht
In lauter bunterlei Geweben.

Es bringen ferne Hände mir nach Haus
Aus gelben Sicheln einen frommen Strauß.
Der Zeiger wandelt leise um das Zifferblatt
Der Sonnenuhr, die Gold von meinem Leben hat.

Sie glüht vom Pochen überwacht
Und läutet zwischen Nacht und Mitternacht . . . . .
Da wir uns sahen in der rätselhaften Stunde –
Dein Mund blüht tausendschön auf meinem Munde.

All meine Lebenslust entfloh
Im dunkelen Gewande mit der Abendzeit.
Ich suchte unaufhörlich einen Himmel wo .....
Nur in der Offenbarung ist der Weg zu ihm nicht weit.

Ich liege wo am Wegrand

Treulosen Freunden

Ich liege wo am Wegrand übermattet –
Und über mir die finstere kalte Nacht –
Und zähl schon zu den Toten längst bestattet.

Wo soll ich auch noch hin – von Grauen überschattet –
Die ich vom Monde euch mit Liedern still bedacht
Und weite Himmel blauvertausendfacht.

Die heilige Liebe, die ihr blind zertratet,
Ist Gottes Ebenbild . . . . .!
Fahrlässig umgebracht.

Darum auch lebten du und ich in einem Schacht!
Und – doch im Paradiese trunken blumumblattet.

Die Verscheuchte

Es ist der Tag im Nebel völlig eingehüllt,
Entseelt begegnen alle Welten sich –
Kaum hingezeichnet wie auf einem Schattenbild.

Wie lange war kein Herz zu meinem mild ...
Die Welt erkaltete, der Mensch verblich.
– Komm bete mit mir – denn Gott tröstet mich.

Wo weilt der Odem, der aus meinem Leben wich?
Ich streife heimatlos zusammen mit dem Wild
Durch bleiche Zeiten träumend – ja ich liebte dich ....

Wo soll ich hin, wenn kalt der Nordsturm brüllt?
Die scheuen Tiere aus der Landschaft wagen sich
Und ich vor deine Tür, ein Bündel Wegerich.

Bald haben Tränen alle Himmel weggespült,
An deren Kelchen Dichter ihren Durst gestillt –
Auch du und ich.

Ergraut kommt seine kleine Welt zurück

In meinem Herzen spielen Paradiese . . . . .
Ich aber kehre aus versunkenem Glück
In eine Welt trostlosester Entblätterung zurück.

Ein Grübchen lächelt ahnungslos aus einer Wiese,
Ein Bach, doch auf dem Grunde dürstet sein Geschick.

Ich leide sehr um sein verflüchtend Glück –
Darum ich mich des Tauchens heller Lust verschließe.

Aus meinem Herzen fallen letzte Grüße
Vom Lebensfaden ab – dir schenk ich diese.

Die Sonne heftet im Kristall der Kiese
Noch scheidend ihren goldenen Augenblick.

Gott weint . . . . . ergraut kommt seine kleine Welt zurück,
Die Er in Seiner Schöpfung schnitt aus himmlischem
Türkise.

Es lehren Flügelmenschen, die des Wegs ein Stück
Mich, meines Amtes wegen, stärken und begießen –
Und wieder jenseits in die Lüfte fließen:
Daß ich für – unerfüllte Gottesweisung – büße.

Hingabe

Ich sehe mir die Bilderreihen der Wolken an,
Bis sie zerfließen und enthüllen ihre blaue Bahn.

Ich schwebte einsamlich die Welten all hinan,
Entzifferte die Sternoglyphen und die Mondeszeichen um
den Mann.

Und fragte selbst mich scheu, ob oder wann
Ich einst geboren wurde und gestorben dann?

Mit einem Kleid aus Zweifel war ich angetan,
Das greises Leid geweiht für mich am Zeitrad spann.

Und jedes Bild, das ich von dieser Welt gewann,
Verlor ich doppelt, und auch das was ich ersann.

Ich weiß

Ich weiß, daß ich bald sterben muß,
Es leuchten doch alle Bäume
Nach langersehntem Julikuß –

Fahl werden meine Träume –
Nie dichtete ich einen trüberen Schluß
In den Büchern meiner Reime.

Eine Blume brichst du mir zum Gruß –
Ich liebte sie schon im Keime.
Doch ich weiß, daß ich bald sterben muß.

Mein Odem schwebt über Gottes Fluß –
Ich setze leise meinen Fuß
Auf den Pfad zum ewigen Heime.

Herbst

Ich pflücke mir am Weg das letzte Tausendschön .....
Es kam ein Engel mir mein Totenkleid zu nähen –
Denn ich muß andere Welten weiter tragen.

Das ewige Leben *dem*, der viel von Liebe weiß zu sagen.
Ein Mensch der *Liebe* kann nur auferstehen!
Haß schachtelt ein! wie hoch die Fackel auch mag schlagen.

Ich will dir viel viel Liebe sagen –
Wenn auch schon kühle Winde wehen,
In Wirbeln sich um Bäume drehen,
Um Herzen, die in ihren Wiegen lagen.

Mir ist auf Erden weh geschehen .....
Der Mond gibt Antwort dir auf deine Fragen.
Er sah verhängt mich auch an Tagen,
Die zaghaft ich beging auf Zehen.

Die Dämmerung naht

Die Dämmerung naht – im Sterben liegt der Tag . . . . .
Sein Schatten deckt mich zu, der kühl auf einem Blatte lag,
Auf seinen roten Beeren.

Ich baute uns ein Himmelreich, dir unantastbar zu gehören
– Das an den Riffen deiner Herzensnacht zerbrach.

Die Vögel singen, und vom Nachtigallenschlag
Erzittert noch mein Bild am Wald im Bach.
Dir will ich es verehren –

Die Dämmerung naht, im Sterben liegt der Tag.

Mein Herz ruht müde

Mein Herz ruht müde
Auf dem Samt der Nacht
Und Sterne legen sich auf meine Augenlide .....

Ich fließe Silbertöne der Etüde – – –
Und bin nicht mehr und doch vertausendfacht.
Und breite über unsere Erde: Friede.

Ich habe meines Lebens Schlußakkord vollbracht –
Bin still verschieden – wie es Gott in mir erdacht:
Ein Psalm erlösender – damit die Welt ihn übe.

An mich

Meine Dichtungen, deklamiert, verstimmen die Klaviatür meines Herzens. Wenn es noch Kinder wären, die auf meinen Reimen tastend meinetwegen klimperten. (Bitte nicht weitersagen!) Ich sitze noch heute sitzengeblieben auf der untersten Bank der Schulklasse, wie einst ... Doch mit spätem versunkenem Herzen: 1000 und 2-jährig, dem Märchen über den Kopf gewachsen.

Ich schweife umher! Mein Kopf fliegt fort wie ein Vogel, liebe Mutter. Meine Freiheit soll mir niemand rauben, – sterb ich am Wegrand wo, liebe Mutter, kommst du und trägst mich hinauf zum blauen Himmel. Ich weiß, dich rührte mein einsames Schweben und das spielende Ticktack meines und meines teuren Kindes Herzen.

Die hier vereinigten Gedichte Else-Lasker Schülers entstammen den nachstehend aufgeführten Veröffentlichungen. Die zu Lebzeiten der Dichterin in Buchform erschienenen Gedichte liegen gesammelt vor in dem Band: »Gedichte, 1902–1943« (Kösel Verlag, München 1959). Der Text bietet jeweils den Wortlaut der letzten Fassung. Die Widmungen einzelner Gedichte wurden, soweit sie aufschlußreich schienen, beibehalten.

Styx, Berlin 1902
Der siebente Tag, Berlin 1905
Die Nächte Tino von Bagdads, Berlin 1907
Meine Wunder, Karlsruhe und Leipzig 1911
Mein Herz, München und Berlin 1912
Hebräische Balladen, Berlin-Wilmersdorf 1913; 2. verm. Auflage, ebd. o. J.
Die Gesammelten Gedichte, Leipzig 1917; 2. Auflage, Leipzig o. J.
Hebräische Balladen, Der Gedichte erster Teil, Berlin 1920
Die Kuppel, Der Gedichte zweiter Teil, Berlin 1920
Der Wunderrabbiner von Barcelona, Berlin 1921
Konzert, Berlin 1932
Mein blaues Klavier, Jerusalem 1943
Gedichte und Prosa aus dem Nachlaß, München 1961

Inhaltsverzeichnis

Hebräische Balladen

Styx

Meine Wunder

Frauenleben: Tagebücher, Berichte, Autobiographien

Elisabeth Castonier:
Stürmisch bis heiter
Memoiren
einer Außenseiterin
dtv 401

Katherine Mansfield:
Tagebuch. 1904–1922
dtv 1401

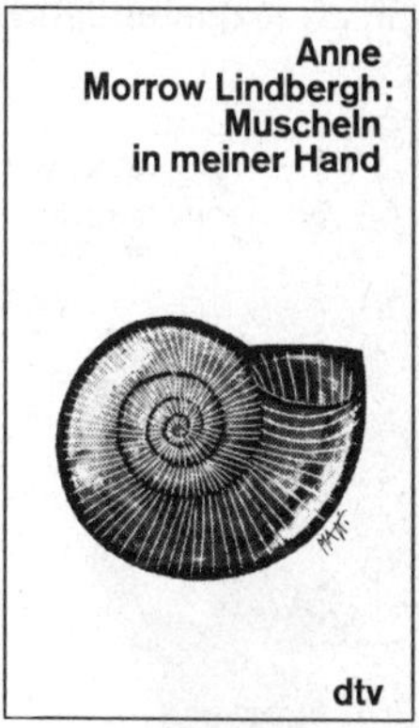

Anne Morrow
Lindbergh:
Muscheln
in meiner Hand
dtv 64

Die Tagebücher der
Anaïs Nin. 1
(1931–1934)
dtv 759

Die Tagebücher der
Anaïs Nin. 2
(1934–1939)
dtv 858

Die Tagebücher der
Anaïs Nin. 3
(1939–1944)
dtv 981

Joseph Roth

»... einer der besten deutschen Erzähler
im zwanzigsten Jahrhundert.« (Hermann Kesten)

Die Kapuzinergruft
Roman
dtv 459

Der Leviathan
Erzählungen
dtv 1127

Hotel Savoy
Ein Roman
dtv 1336

Zipper und sein Vater
Roman
dtv 1376

Die Flucht ohne Ende
Ein Bericht
dtv 1408

Deutsche Erzählungen des 20. Jahrhunderts

herausgegeben von Marcel Reich-Ranicki

1526 / DM 9,80

1527 / DM 9,80

1528 / DM 9,80

»Die bedeutendste editorische Leistung auf dem Gebiet der Kurzgeschichte und der Erzählung.«

Siegfried Lenz

»Ich finde die Bände phänomenal. Reich-Ranicki hat die bestmöglichen Querschnitte durch die geologischen Schichten der Literatur unseres Jahrhunderts gelegt. Die Methode ist überzeugend, das Lesevergnügen überaus groß.«

Alfred Andersch

1529 / DM 9,80

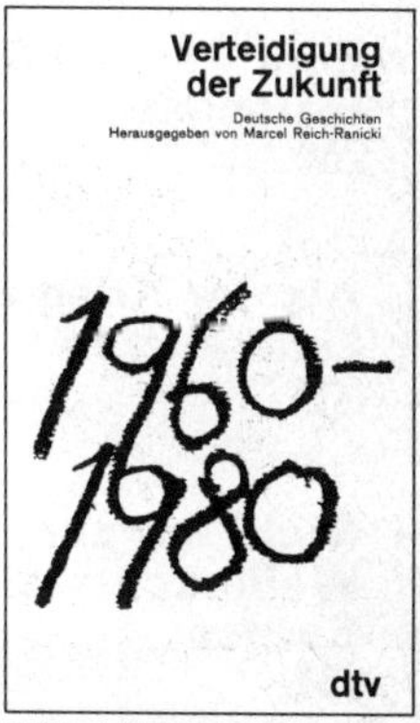

1530 / DM 9,80